JINGJING XIAOYUAN
JINGPIN DUWU
CONGSHU

典幽默
诳集萃

本书编写组◎编

JINGDIAN YOUMO
XIAOHUA JICUI

人生有涯而学海无涯。
学子以有限的人生通晓万
物是根本不可能的，但校
园之中采英撷要，广见识，
记精要，不失为精明学子
为学之道。

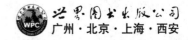

世界图书出版公司
广州·北京·上海·西安

图书在版编目（CIP）数据

经典幽默笑话集萃/《菁菁校园精品读物丛书》编委
会编 . —广州：广东世界图书出版公司，2009.6（2024.2 重印）
（菁菁校园精品读物丛书）
ISBN 978－7－5100－0641－8

Ⅰ. 经… Ⅱ. 菁… Ⅲ. 笑话—作品集—世界 Ⅳ. I17

中国版本图书馆 CIP 数据核字（2009）第 103052 号

书　　名	经典幽默笑话集萃	
	JINGDIAN YOUMO XIAOHUA JICUI	
编　　者	《菁菁校园精品读物丛书》编委会	
责任编辑	柯绵丽	
装帧设计	三棵树设计工作组	
出版发行	世界图书出版有限公司　世界图书出版广东有限公司	
地　　址	广州市海珠区新港西路大江冲 25 号	
邮　　编	510300	
电　　话	020-84452179	
网　　址	http://www.gdst.com.cn	
邮　　箱	wpc_gdst@163.com	
经　　销	新华书店	
印　　刷	唐山富达印务有限公司	
开　　本	787mm×1092mm　1/16	
印　　张	10	
字　　数	120 千字	
版　　次	2009 年 6 月第 1 版　2024 年 2 月第 12 次印刷	
国际书号	ISBN　978-7-5100-0641-8	
定　　价	48.00 元	

前　言

　　有人说：读书"足以怡情，足以博彩，足以长才"，使人开茅塞、除鄙见、得新知、养性灵——因为书中有着广阔的世界，书中有着永世不朽的精神，虽然沧海桑田，物换星移，但书籍永远是新的。所以，热爱读书吧！像饥饿的人扑到面包上那样，热爱读书，阅读撼人心弦的高贵作品，亲炙伟大性灵的教化，吸收超越生老病死的智慧精华，把目光投向更广阔的时空，让心灵沟通过去和未来、已知和未知。

　　世纪老人冰心说过："读书好，好读书，读好书。"这是一句至理名言。读一本好书，可以使人心灵充实，使人明辨是非，使人有爱心和文明行为、礼仪规范；而读一本坏书，则使人心胸狭窄、不知羞耻、自私残暴。

　　为什么而读书呢？一是为读书而读书，没有明显的目的；二是为了考上一所好大学；三是为了古人所说的"修身养性"；四是为了中华民族的伟大复兴。在这四种人中，第一种人是最可怜的，因其无理想、无奋斗目标，"不是我想读书，是父母硬要我来读书的"。没有理想的人就如无源之水、无本之木，其生命之泉将提前枯竭，留在世上的只是一堆行尸走肉罢了。在青少年时代就没有人生理想，这是最可怕的。我们要坚信，明天的失败都是由于今天不努力。第二种人目标明确，父母花了大价钱将其送进中学，就是为了考个好大学，将来混个好前程，这种人个人的算盘打得好，挺"现实"的——古人所说的"书中自有黄金屋，书中自有颜如玉"，应该是这类人的追求目标。第三种人读书，是为了"修身养性"。我国儒家曾把人生奋斗的目标定为三个层面七个字——"修身、齐家、平天下"。所谓"修身"，就是陶冶个人情操、培养个人品质，做社会的一个优秀分子；所谓"齐家"，就是说管理好家庭（甚至家族）；所谓"平天下"，就是说你若能"修好身、齐好家"，那

么就把你的才华用来治理社会，为社会做贡献。"修身"是儒家人为自己定的最基本的人生标准。这种境界也是相当不错的。第四种人读书，乃为立志成为社会的栋梁之材。事实证明，读书决定一个人的修养和境界，关系一个民族的素质和力量，影响一个国家的前途和命运。一个不读书的人、不读书的民族，是没有希望的。

约一个世纪以前，有一位单瘦的学生在回答老师为什么而读书的时候，充满自信地说出"为中华之崛起而读书"的誓言，并用毕生心智去实现他的诺言，赢得了全中国乃至世界人民的敬重——他，就是我们敬爱的周恩来总理。

亲爱的同学，若你热爱生命的话，那就认真读书吧！书籍是全人类智慧的结晶、是人类进步的阶梯，书籍可以帮助你跟上时代的步伐。"半亩方塘一鉴开，天光云影共徘徊。问渠那得清如许，为有源头活水来。"通过读书，可以让你掌握知识、增强本领、敢于创新，可以给你智慧、勇敢和温暖，可以使你成为知识的富翁和精神的巨人，成为我们伟大祖国 21 世纪的高素质的建设者。

目　录

✿ 一、 礼仪幽默

问候 ……………………… 1

祝愿 ……………………… 1

访友 ……………………… 2

介绍 ……………………… 2

送礼 ……………………… 3

行礼 ……………………… 5

签名 ……………………… 5

请客 ……………………… 5

待客 ……………………… 6

谢客 ……………………… 7

逐客 ……………………… 7

恭维 ……………………… 8

演讲 ……………………… 9

写信 ……………………… 10

发信 ……………………… 12

打电话 …………………… 12

语言交际 ………………… 13

✿ 二、 关系幽默

男人与女人 ……………… 16

家长与孩子 ……………… 23

丈人与女婿 ……………… 29

老师与学生 ……………… 30

老师与学生家长 ………… 33

老者与少者 ……………… 33

主人与客人 ……………… 34

穷人与富人 ……………… 35

仆人与主人 ……………… 36

师傅与徒弟 ……………… 40

国王与平民 ……………… 40

百姓与官员 ……………… 43

神职人员与平民 ………… 43

经理与员工 ……………… 46

医生与病人 ……………… 49

商家与顾客 ……………… 53

士兵与军官 ……………… 55

房东与房客 ……………… 56

导游与游客 ……………… 57
听众与演讲者 …………… 57
选民与竞选人 …………… 58
法官与被告 ……………… 59
法官与证人 ……………… 60
律师与委托人 …………… 61
警察与市民 ……………… 62
警察与罪犯 ……………… 62
警察与司机 ……………… 63
编辑与作者 ……………… 64
编辑与读者 ……………… 66
评论者与被评论者 ……… 66
观众与导演 ……………… 67
导演与演员 ……………… 68
演员与观众 ……………… 69
乐队指挥与演员 ………… 69

画家与模特 ……………… 69
教练与运动员 …………… 70
朋友之间 ………………… 70
兄弟之间 ………………… 73
邻里之间 ………………… 73
陌生人之间 ……………… 75
仇人之间 ………………… 75
神职人员之间 …………… 76
国家之间 ………………… 76
商店之间 ………………… 77
作家 ……………………… 77
诗人 ……………………… 78
画家 ……………………… 78
演唱者 …………………… 79
演奏者 …………………… 80
乞丐 ……………………… 81

三、 场景幽默

路上 ……………………… 82
车站 ……………………… 84
汽车上 …………………… 85
火车上 …………………… 87
飞机上 …………………… 89
剧场 ……………………… 90
电影院 …………………… 91
展览馆 …………………… 92
动物园 …………………… 93
舞会 ……………………… 94
舞台 ……………………… 95
宴会 ……………………… 95

婚礼 ……………………… 96
职业介绍所 ……………… 96
商店 ……………………… 96
书店 ……………………… 98
服装店 …………………… 98
鞋店 ……………………… 99
浴室 ……………………… 99
医院 ……………………… 99
理发店 …………………… 101
照相馆 …………………… 102
邮局 ……………………… 103
典当行 …………………… 103

餐厅 …………… 103
旅馆 …………… 108
法院 …………… 109
监狱 …………… 110
刑场 …………… 111
海关 …………… 111
天文台 …………… 112
军营 …………… 112
学校 …………… 113
求职 …………… 118
开会 …………… 119
请假 …………… 120
迟到 …………… 120
考试 …………… 121
推销 …………… 122
纳税 …………… 124

保险 …………… 124
募捐 …………… 126
聚餐 …………… 126
算命 …………… 127
乘出租车 …………… 128
决斗 …………… 129
借钱 …………… 129
借东西 …………… 131
讨债 …………… 132
还债 …………… 133
恋爱 …………… 134
广告 …………… 138
告示 …………… 139
喝酒 …………… 141
吸烟 …………… 141
赌博 …………… 143

四、名人幽默

智斗强盗 …………… 145
总统的滋味 …………… 145
闹饥荒的原因 …………… 145
人的价值体现 …………… 146
"只求耳顺" …………… 146
如果 …………… 146
奉还一生 …………… 146
不入官场 …………… 147
不知去何处 …………… 147
舞会偶遇 …………… 147
借力 …………… 147
失败也是成就 …………… 148
逻辑学的用处 …………… 148

"你擦谁的靴" …………… 148
蜘蛛与广告 …………… 148
无畏的遗憾 …………… 149
孙中山 …………… 149
竺可桢 …………… 149
辜鸿铭 …………… 150
王宠惠 …………… 150
杨小楼 …………… 151
别致的求婚 …………… 151
尝出来了 …………… 151
反对到底 …………… 152
不反对 …………… 152
当时你在干什么 …………… 152

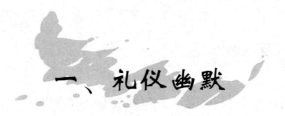

一、礼仪幽默

🍁 问 候

一个剧作家这天来到一家久未光顾的小酒馆，刚推门进去，女招待就热情地迎过来。

"哎哟！欢迎你。很久不见啦，先生！您最近老没来了，害得我每夜都梦见先生您，说起来真不好意思。"

这个剧作家回答说："这没什么，我也梦见你了！"

"是吗？先生梦见我干什么呢？"

"我梦见你没有梦见我呀！"

一位职员在被提升为主任之后对下属说，所有和他的联系都必须是书面的。

第二天早上，新主任见一老职员来找他，正要开口，只见老职员从口袋里掏出一张卡片递给他，他一看，上面只有两个字：早安。

🍁 祝 愿

一个闻名全城的扒手来到贫穷的教区找拉比，说："拉比，我请求您为我祝福。"

"你这无赖！难道要我祝你在'工作中'取得好成绩吗？"

"拉比，我给你五十个盾，请求您为我祝福！"

拒绝这样一笔款子显然是很愚蠢的。拉比考虑了一会儿，他终于有了主意，他把手举起，祈祷道："假如上帝安排某人遭受偷窃的话，但愿上帝通过您来完成这个计划。”

访　友

女佣：“十分抱歉！小姐要我告诉你说，她不在家。”

访客：“没关系，你就告诉她，我并没有来过！”

在一个冰天雪地、狂风大作的冬日里，有个人去探望他生病的朋友，路上滑倒多次才好不容易到了朋友家，此时的他冻得直发抖。

“到这儿来可怕极了，”他说道，“事实上，我每向前一步，就滑回去两步。”

“那你究竟是怎么走到这里来的呢？”

“哎，我看不到这儿，生气地骂了声‘鬼天气’，就转身往回走了。”

乡下的富豪康巴尼来到市场出售家畜。到了城里，临时想起要去拜访一位朋友。到了朋友家，见到来开门的朋友的妻子，他第一句话就说：

“好久不见了，我是康巴尼，因为到家畜市场时，看到了各种动物，突然间才想起了你们，所以……”

一个人很喜欢唠叨，对此全村人都知道。一次，他来到邻居家，而邻居正在忙，不想浪费时间，于是就打发妻子出来。

“他不在家，”妻子说，“他进城了。”

“是么？”来人说，“那么你告诉他，下次进城时让他把脑袋也带去。我刚才从窗下经过，看见他的头在窗户上挂着。”

介　绍

美国政治家查尔斯·爱迪生在竞选州长时，不想利用父亲（大发明家爱迪生）的声誉来抬高自己。在做自我介绍时，他这样解释说：“我不想让人认为我是在利用爱迪生的名望。我宁愿让你们知道，我只不过是我父亲早期实验的结果之一。"

赫伯特·特里同作家皮尔逊约好在伦敦皇家剧院见面。约定的时间到了，皮尔逊等到的是一个陌生男人，过了一会儿特里才赶到。特里打量了他们俩几眼，然后在他们中间坐下了。

"请自我介绍吧，"特里说，"因为我只记得你们当中一个人的名字，而这对另一个人来说是不公平的。"

某大公司的董事长和财税局有矛盾，双方很难心平气和地坐在一起，可是又必须把他们请来，参加一个重要的会议。他们都来了，但彼此都视而不见。会议主持人在向人们介绍这位董事长时，说：
"下一位演讲的先生不用我介绍，但是他的确需要一个好的税务律师。"

❋ 送 礼

从前，有个县官过生日，有人听说他是属鼠的，就凑了些黄金铸了一只老鼠送给县官，作为祝寿的礼物。县官见了格外欢喜，说道："你们知道不知道我夫人的生日？千万记住：我夫人属牛的。"

在母亲节时，一位女士收到了她情窦初开的女儿送的一份礼物——一瓶让她消除眼角皱纹的粉霜。邻居看到了这礼物，表示很欣赏，问道："去年她送你什么礼物?"
女士答道："去年……她送给我的是皱纹!"

甲乙两个吝啬鬼交了朋友。这天，是甲的生日，乙拿了一个鸡蛋去给甲祝寿说："老兄生日，送上一只肥鸡，只是嫩了一点。"甲没说什么，就收下了。
不久，乙过生日，甲砍了几根新竹子，扛着来给乙祝寿说："贤弟寿辰，送上 10 斤鲜笋，只是老了一点。"

"伊丽莎白，你从前不是说厌恶杰拉尔德吗?"

"是呀，我现在还是厌恶他！"

"那你为什么收下他送的银戒指呀？"

"要知道，我可不厌恶银戒指呀！"

妻子打开丈夫送给她的结婚纪念礼物，发现竟是一本字典，很不高兴。

妻子："你干嘛非得送我一本字典呢？"

丈夫："你要知道我是个非常讲究实际的人。"

妻子："你要是真的讲究实际，就不会乱花钱给我买一件我根本用不着的东西了。"

丈夫："哎，去年结婚纪念日，我给你买了一台你所需要的洗衣机，你说你太高兴了，简直找不到合适的字眼来表达你的谢意，所以今年你所需要的就是这本字典了。"

一个吝啬人问自己的未婚妻：

"亲爱的，你想在圣诞节前得到什么礼物？"

"我还没考虑好。"

"行啊，我可以再给你一年的时间考虑。"

在妻子的生日晚会上，丈夫当着众人的面将一盒金灿灿的珠宝送给妻子。

一位朋友说："瞧您夫人多高兴呀！假如您送给她一辆'萨布尔牌'轿车，她会更高兴的！"

丈夫摊开双手说："我也曾这么想过，可惜这种轿车目前还没假的！"

老王的父亲在乡下去世了，老石拿着10元钱对老王说："对你父亲的去世，表示哀悼。"

老王说："算了吧，我们就免了这些礼节吧！"

老石解释道："不要这样说，我还有父亲嘛！"

妻子早上醒来急忙告诉丈夫说："我昨晚梦见你送我一串宝石项链，这作何解释？"

丈夫急着去上班，便说："晚上你就知道了。"

晚上，丈夫下班回家，手里拿着一包东西。见到妻子，他马上递过去。

妻子欣喜若狂，打开一看，原来是一本《梦释》。

行 礼

雕刻师仁吉给人鞠躬，飞快地一俯一仰，就算完了，大家都说他礼仪不周。于是有人教他说：

"你呀，鞠躬时，心里就数'正月'、'二月'，一直数到十二月为止，然后再抬起身子，礼节自然就周全了。"

第二天，仁吉在街上遇见当捕快的干爹，便如法炮制。这一次因鞠躬过久，干爹吃了一惊，便走开了。仁吉抬头一看，干爹已不见了，便问过路行人：

"他是几月份走的?"

签 名

海明威迁居哈瓦那以后，一位纽约富商慕名前来拜访，并坚持请海明威在他的日记本上签名留念，海明威知道这位来访者是依靠买卖地产发大财的，便用手杖在沙地上划出了一个签名说："好了，请你收下，不妨连地皮一起带回纽约去吧!"

请 客

有一天，萧伯纳收到一份有钱人寄来的大红请帖；

"某女士将在星期二14时到16时在家恭候。"

萧伯纳退回原帖，并在底下注了一笔：

"萧伯纳先生同日同时在家恭候。"

老刁和老精是亲家。老刁要讨媳妇，叫人送两颗槟榔去请老精。按当地的风俗，两颗槟榔的意思是：来就是贪吃，不来那就是失礼。老精感到为难，

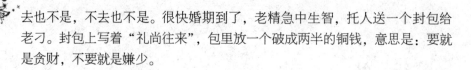

去也不是，不去也不是。很快婚期到了，老精急中生智，托人送一个封包给老刁。封包上写着"礼尚往来"，包里放一个破成两半的铜钱，意思是：要就是贪财，不要就是嫌少。

甲："我听说您将在这个星期日离开本市，能告诉我明天晚上你有什么安排吗？"

乙："明天——星期四，我没有安排。"

甲："那么后天呢？"

乙："后天晚上我也没有什么事。"

甲："星期六晚上您打算做什么呢？"

乙："我和约翰先生约好一起吃晚饭。"

甲："哎呀，太不巧了，我本来也打算请您星期六吃晚饭的。"

有客人在家喝酒，主人非常小气，每次倒酒只倒半杯。客人说："尊府有锯子没有？如有，请借我一用。"主人问："借锯子何用？"客人说："这个酒杯的上半截既然不能盛酒，就应该锯掉。留它空着有什么用？"

有个人很吝啬，却不愿让人叫他吝啬鬼。为此，他想了很多办法。

一天，有个客人拜访他，主人问："您吃过饭了吗？"

"吃过了。"客人答道。

吝啬鬼故作大方地说：

"真是不巧，假如你没吃的话，我一定做顿好饭让你足足地吃一顿。"

过了几天，这位客人又来了。主人又问："您吃过饭了吗？"

"没有。"客人答道。

吝啬鬼早有准备，不无遗憾地说："真是不巧，否则我可以请你喝几杯最好的葡萄酒了。"

🍁 待 客

"先生，有个人有急事找您，他已在客厅里等了您4个小时了。"

"那好，让他再等等吧。既然他能等上4个小时，说明他那件事并不急。"

主人问客人："您在咖啡里放几羹匙白糖？"

客人开玩笑地说："在自己家里时放 1 羹匙，在别人家里作客时放 5 羹匙。"

主人："嗯，嗯，请别客气，像在您自己家里一样好了……"

摩根先生家来了一位客人，说是要向他请教做生意的学问。可是摩根先生还没有开口，客人自己却滔滔不绝地大讲起来。

摩根先生听了一会儿，实在没有办法，就给客人面前的茶杯里倒水。倒满水以后仍继续倒，结果流得到处都是。

客人终于忍不住了。"您难道没有看见杯子已经满了吗？"他说，"再也倒不进去了！"

"这倒是真的。"摩根先生停下手，"和这只杯子一样，你的脑子里已经装满了自己的想法。要是你不给我一只空杯子，我怎么给你讲呢？要知道，是你来向我请教的。"

谢 客

"作家先生，您不是很害怕那些慕名来访问您的人干扰您的写作吗？那您为什么不试试我的方法呢？"

"什么方法，格林先生？"

"听着，电铃一响，您就在开门前戴上帽子和手套。开门后如果是您不想见的人，您便说：'对不起，我正要出去，您改日再来好吗？'"

"但是，假如是我想见的人呢？"

"嘿，那您就说：'真巧，我也刚刚到家'啊！"

逐 客

一天晚上，一对夫妇到朋友家去聊天。天色很晚了，他们还没有要走的意思，主人只好耐着性子奉陪，就这样，这对夫妇继续坐了下来。最后，主人一看表，发现已经是夜里两点了，但客人还是坐着不动。这时，男主人故

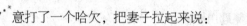

意打了一个哈欠，把妻子拉起来说：

"走吧，咱们睡觉去吧。咱们不睡，总拉着客人聊，人家怎么好意思回去呢？"

杂志编辑哈罗德·罗斯在一次聚会上，被一个讨厌的人缠住了。这个讨厌的家伙已经用单调沉闷的声音啰唆了一个小时，房间另一边的一位客人开始打哈欠了。罗斯手指着那位打哈欠的客人，对这位讨厌的人耳语道："我想他一定在偷听。"

恭 维

"坐在对面的那个少女真丑，她是谁呀？"陌生人问主人。

"先生，她是我的妹妹。"主人回答道。

"实在对不起！"客人感到很窘，"我没有注意到你很像她。"

从前，一条街上，两户人家的媳妇都生了孩子，左邻右舍纷纷前来探望。其中一位"能不够"女人问东边人家说："你生了位什么？"

"儿子"。

"能不够"满脸堆笑地说："恭喜，恭喜！"

"能不够"又走到旁边的人家问道："你家生了位什么？"

"姑娘。"

"唉！""能不够"听了，先是叹了口气，接着十分惋惜地说："罢了，罢了。"

西边的人家说："东边人家生了相公，你就恭喜，我家生了个丫头，你就'罢了'。这不分明是欺人欺在脸上吗？"

"能不够"一听，很尴尬，一时答不上话来。正巧，街上来了一顶四人大轿，轿子里坐着一位官太太。"能不够"灵机一动，马上笑嘻嘻地说："别生气，别生气，你看，四个'恭喜'抬着一个'罢了'，'罢了，罢了'是有福气的人嘛！"

演 讲

一位受人尊敬的长者登台演讲。他开口便问：

"各位，你们知道我要讲什么吗？"

大伙异口同声地说："不知道。"

"怎么，你们竟不知道我要讲什么。如此无知，那我讲了还有什么用！"说着便走下了讲台。

第二天，他又登上讲台，对听众说："各位，你们知道我要讲什么吗？"

这回大家汲取了上次的教训，一致说："知道！"

"好啦，"长者说，"既然你们知道了我要讲什么，那我重复一遍还有什么用？"说完又走下了讲台。

听众见他这样，便在底下商量好，到时候一部分说"知道"，而另一部分人说"不知道"，这样长者就没法儿下台了。

第三天，长者又登上讲台，当他再次像上两次一样发问后，台下人便分成两部分，有的喊"知道"，有的则喊"不知道"。

长者一笑，说："那么好吧。那就让知道的人去给不知道的人讲讲吧！"说完，一甩袖子走下讲台，扬长而去。

一人在作报告的过程中发现听众陆续离去，剩下已为数不多。于是宣布："现在我要测验一下，请大家别走。"说罢下到会场，并说："你们听我的吗？"得到的回答是："听。"当他走到会场中央时又一次问："你们听我的吗？""听！"最后到了门口，听众仍然回答"听！"但他却说："谢谢，你们都是好人，我还有一个报告要去作！"说罢离开了会场大门。

富尔顿·希恩是天主教牧师、教育家，1951 年因其对神的忠诚和努力而被封为主教。他不仅勤于著述，而且极富表达能力。

一次在巴得莫尔港埠，希恩主教在一个有众多教派参加的集会上演讲。当他出现在台上时，受到人们热烈的鼓掌欢迎。他举起一只手让大家安静下来，然后说：

"你们在我开始讲话时向我鼓掌，那是给我以信心；如果在我讲话的中途你们再鼓掌，那是给我以希望；但是，我亲爱的朋友们，假如你们能在我讲完了话以后再鼓掌，那就是你们拥有了博爱。"

亚柏在当选美国钢铁工会主席时，也遇到了很大的困难。有不少人对他态度冷漠，其中有人公开历数他的缺点，他在宾州的强斯敦镇演说时，听众哗然，要他下台。这时亚柏微笑着说：

"谢谢各位。我等一会就下台，因为我刚刚上台呀。"

那些反对他的听众出乎意料地笑了。

法国剧作家阿方斯·阿莱应邀发表一个以戏剧家为题材的演讲，他的开场白是这样的：

"被邀请向诸位作这样一次演讲，我感到十分荣幸，可我非常担心这会使你们扫兴。因为莎士比亚死了，莫里哀死了，莱辛死了，马利伏死了——而且本人的自我感觉也不佳。"

英国前首相威尔逊在发表竞选演说时，突然有个捣乱分子高声喊："狗屎！垃圾！"威尔逊不理会捣乱分子的本意，只是宽容一笑，安抚他说："这位先生，我马上就要谈到您提出的脏乱问题了！"

院长在周会上讲演，说道："我曾很奇怪，为什么每次讲演完毕，都听见两波式的鼓掌？""后来我明白了，"他接着说，"原来专心听的人的掌声，吵醒了打瞌睡的人，所以引起了第二波的掌声。"

✸ 写　信

有一个嫉妒心很强的人，给海明威写了一封信，信中说："我知道您现在的身价很高，一字千金。现在附上一块美金，请您赐个样品给我欣赏如何？"

海明威收下那块钱，回信仅一个"谢"字。

有一次，英国安德鲁牧师收到了一位安排节目的电台主管写给他的信。信中说，有不少听众很关心神圣的宗教事业，也很关注自己的未来。他们有一个问题请教：怎样才能知道自己以后是什么样？

安德鲁先生及时地回了信，回答言简意赅，只有一个字：死。

一个孩子，写一封信给他的朋友。信上说："倘若你收不到这封信，请你回一封信，把正确的地址告诉我。"

"玛克斯，我无法找到伊尔玛姑妈的地址。你知不知道她在哪儿？"
"我不知道，妈妈。你干嘛不直接写封信给伊尔玛姑妈，让她把地址寄来呢？"

有个学生写信回家要钱，用的是一张明信片，除了收信人的地址和姓名外，全信只有三个大字：
"爸：钱！儿。"

丈夫："我前几天从上海寄给你的信收到了吧？"
妻子："信是收到了，可是没敢看。"
丈夫："为什么？"
妻子："因为你在信封的背面还写着：'内有照片，勿折！'"

有个小伙子的钱花光了，便写信向他的伯父要。然而，他又想给他的伯父一个好的印象，于是在信封背面写道：
"实际上，我是多么后悔给你写这封信啊！于是我跟在邮递员后边跑，想把这封信追回来。"
他的伯父在回信中写道："既然你是这样渴望收回你要钱的信，你一定会高兴地知道我根本没有收到它。"

某人要去海滨度假，临行前，他托付女房东把他朋友寄来的信件及时转寄给他，女房东一口应承下来。
一个月过去了，却没有收到一封信。他感到奇怪：他有那么多朋友，他与他们向来通信频繁，怎么会收不到他们的信呢？于是，他打电话问女房东："为什么不把信转给我？"
"先生，你没留下信箱的钥匙呀，叫我怎么转呢？"女房东答道。
他恍然大悟，立即把钥匙放进信封里寄去了。

又过了一个月，他还是一封信没收到。度完假回来后，他生气地问女房东："我把钥匙寄给了你，你怎么……"

女房东说："先生，你寄来的钥匙，不是也和其他信件一样，丢进信箱里了吗？"

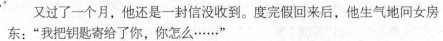

发 信

父亲叫儿子去发一封信，那信是写给部队的朋友的。

"爸爸，我已经把信发了。"

"什么，发了？"父亲吃了一惊，"我还没在信封上写地址呢？"

"这我知道。"儿子说，"我还以为那一定是军事秘密呢？"

主人："阿三，你照我吩咐的话，把那封信寄了吗？"

仆人："先生，早已寄了，但我先把那封信称了一下，比信件规定的重量超过一倍，所以我又在上面贴了一张邮票。"

主人："很好，不过我希望，你不至于把另加的邮票贴在封面，以至于遮没了收信人的姓名和住址。"

仆人："我不会那样做的。先生，我为节省地方，把另加的邮票，恰好贴在那个早已贴好的邮票上面了。"

父亲写了两封信，让儿子寄走。过了一会儿，儿子回来说："我把信寄了。可您把邮票贴错了，本市的贴了8分，外地的倒贴4分。"

父亲忙问："你又重新贴了吗？"

儿子答："邮票拿不下来了，于是我把里面的信纸互相换了。"

打电话

台湾的知名人士叶公超有一次打电话给台北的"中国邮报"，找发行人余梦燕。

"她不在。请问您贵姓？"电话中的声音说。

"我是叶公超。"

接电话的人认为他是穷开心，贸然抢白他说："你要是叶公超，我就是叶公超的老子。"

"好。那么，爸爸，请你告诉我在哪里能找到余梦燕?"叶公超心平气和地说。

深夜12点，一位老人被电话铃声吵醒。他拿起电话，只听见有个女人说："亲爱的邻居，请把你家的狗管一下，它吵得我睡不着。"说完电话挂上了。半夜3点，这个女人接到一个电话："亲爱的邻居，刚才我忘了告诉你，我家没有养狗。"

部长接到一个农场的老头打来的电话，但声音很弱。部长非常急躁，大声喊道：

"你的电话有毛病，请大声些，我听不清!"

老头答道："对不起，我现在是转过背来和您讲话，因为我吃了几个大蒜，怕您闻了后不愉快!"

一个贵族妇人请求俄国有名的无线电之父波波夫告诉她，横跨大西洋的海底电缆是如何工作的。

波波夫为她认真而详细地讲解了一遍。

贵妇人听完后向波波夫表示道谢。她说：

"我同许多学者交谈过，他们之中没有一个人能像您这样讲得明白透彻。您的讲解太精彩了，一下子抓住了我的心。不过我还有一个小小的问题要向您请教!"

"请问吧!"

"电报为什么没有湿?"

✿ 语言交际

基辛格在一次宴会中致辞：

"各位外交官先生，你们的周围都是新闻记者，说话得要留神，各位记者先生，你们的身边都是外交官，对他们的话别太认真了。"

1948年，珍惠曼因在电影《心声泪影》中成功地扮演了聋哑人而获奖，她致辞只一句话：
"我因一句话没说而得奖，我想我该再一次闭嘴。"

担任美国民主党领袖多年的威廉·詹宁斯·布赖恩是美国著名的政治家和外交家，他能言善辩，应变力强。

日本海军上将东乡在日俄战争的海战中战功卓著。尔后不久，他访问了美国。

在为他举行的宴会上，按礼仪，布赖恩要向东乡祝酒。但人们都知道，东乡是个严格的禁酒主义者，滴酒不沾。可是不祝酒不符合礼仪，甚至可能给要签署的一项条约带来麻烦。大家很是担忧。

这时，布赖恩站了起来，端起酒杯对东乡说："东乡海军上将在水上取得了伟大的胜利，因此，我用一杯水向他表示祝贺；一旦东乡上将在香槟酒里赢得胜利，那时，我将用香槟酒向他祝贺。"

甲是个不善言辞的人。有次他邀请了八位客人吃饭，约定的时间已过，只来了六个人，等了老半天，另两位还是没来。

甲等得不耐烦了，说："该来的为什么还不来？"

六位客人中两位听得不对劲，相互耳语："如此说法，就是不该来的都来了，那我们走吧！"于是他们两个人便起身走了。

甲眼看着走了两位，急得向另四位说；"你们看，不该走的却走了。"

那四位客人中，有两位听了也不舒服，彼此商量着："照他这样讲，就是该走的不走，我俩也走吧。"

甲一看只剩下最后两位客人，急得大声叫道："我又不是说他们俩！"

那最后两位客人一听，很不高兴地说："你既然不是说他俩，那就是说我俩了！"于是，这最后的两位也气愤地走了。

有个人常说晦气话。因姊丈家娶亲，父亲带了他同去。儿子方欲开口，父亲说道：
"他家是娶亲的喜事，切不可说晦气话。"

儿道："不劳你吩咐，我晓得，娶亲比不得出丧。"

有个姓朱的老财，最讲忌讳，又讲文雅。他对新来的帮工说："记住我家的规矩，我姓朱，不准你叫我时带猪字，叫自家老爷就行了。平时说话要忌粗俗，要文雅，比如吃饭要说用餐，睡觉要说就寝，生病要说患疾，病好了要说康复，人死了要说逝世，犯人砍头不能直说，要说处决。"

几天后，他家一头猪得了瘟病。帮工急忙向朱老爷报告，说："禀老爷，有一个自家老爷患疾了，叫它用餐不用餐，叫它就寝不就寝，要它康复也难了，不如把它处决了吧！"

朱财主气得半天说不出话来。帮工又说："要是不处决这个自家老爷，就让它自己逝世也好！"

有个人习惯说不吉利的话，人们都讨厌他。有个富翁建造了一所厅房，那人去观看，走到门口敲门，见没人答应，于是大骂道："死牢门，为什么关得这样紧？想必是家里人都死绝了！"

富翁闻声出来，责怪他道："我这房子费尽千金，不是容易的，你说这样不吉利的话，太不近情理了！"

那人说道："这座破房子，若是要卖，只能值500金罢了，为什么要这么大的价钱？"

富翁大发雷霆道："我并没有说要卖，谁叫你给估价钱？"

那人说道："我劝你卖，是好意，倘若遇上一场天火，连个屁也不值！"

二、关系幽默

男人与女人

一辆手推车在拥挤的街道经过，女士们不肯让路，推车人大叫：

“当心身体！”结果无人理会。

“当心碰脏衣服！”少数人让开了。

“当心擦破尼龙丝袜！”这下，女士们全都躲开了。

小伙子对一位时髦的姑娘说：“你很擅长绘画。”

姑娘：“噢，你是从哪里看出来的？”

“你的眉毛上。”

一个女人同一个男人结了婚。男人走进她家后，看见有三顶帽子挂在那里。当他问她时，她说：“这顶是我淹死的丈夫的帽子；这顶是我烧死的丈夫的帽子，这顶是我被杀死的丈夫的帽子……”

男人从头上摘下自己的帽子，对她说：“给你这个，你可以说：这顶是我死里逃生的丈夫的帽子……”

一天，华盛顿一家百货公司正在销售各种女装。一位高贵的中年男士决定给自己的妻子也买上一件。不一会儿，他就发现自己被那些蜂拥而来的女人们撞来撞去，他尽可能地忍耐着。最后，他终于低着头挥起手拼命地从疯狂的人群中挤了过去。

“喂，前边的那位！”一个颤抖的声音不满地叫了起来，“你不能表现得像个绅士吗？”

“听我说，”这位高贵的男士大声辩解道，“我一小时来一直都表现得像个绅士，从现在起我要表现得像个女士。"

妻子："婚前你不是叫我天使吗？"
丈夫："对。"
妻子："为什么现在你不这样叫我呢？"
丈夫："呵，亲爱的，你应该感到高兴，现在我头脑正常多了。"

"为什么我的写字台今天摆上了玫瑰花？"教授问。
"因为今天是你的结婚纪念日。"教授夫人回答。
"噢，那我一定要记住哪一天是你的结婚纪念日，那时我也要送你一件让你高兴的礼物。"

一个漂亮女人怀孕后，对她丑陋的丈夫抱怨道："要是孩子像你，你实在是该被诅咒的。"
丈夫回答："要是孩子不像我，你才是该被诅咒的呢！"

一对年轻恋人在公园的椅子上落座，旁边有一对老夫妻。当年轻恋人在亲吻时，老妇问丈夫："你怎么不像他那样？"
老夫答道："我这就准备像他那样，可我不认识她呀！"

一对新婚夫妇正在谈话。
"温迪，"男的说，"结婚三个月了，你一次都没说过'我爱你'，难道你一点都没有意识到吗？"
"我没说过吗？"温迪回答说，"对不起，真叫人不安。怎么会发生这种事？六个礼拜前我就叫我的秘书给你送去了一本备忘录。"

妻子想买件衣服，丈夫陪她上街去买，从上午8点到12点也没有买到中意的衣服。妻子每次征求丈夫意见时，丈夫总是说好看。最后妻子不耐烦地说："你这个人就是这样随随便便！"
丈夫回答："当初我就是这样随随便便地挑上你的，你就是精挑细选才选上我的。"

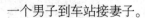

一个男子到车站接妻子。

妻子："你能不能笑一笑？瞧那对夫妻有说有笑多开心。"

丈夫："要知道他是来给她送行的，不是接她。"

一对夫妇走过购物广场的许愿池，夫人很快地抛进一枚钱币，并默默地许了一个愿，丈夫随即也抛下一枚钱币，并也默默许愿。

夫人问许的什么愿，丈夫说："我希望我能付得起你刚才希望得到东西的钱。"

利文先生每次看到长腿高个女士，总津津乐道。娇小漂亮的利文太太实在忍不住了，气愤地问道：

"如果你这样喜欢长腿高个的女人，干嘛你当年要娶我？"

他说："当年我以为你还会长高的。"

丈夫凌晨才回家。

妻子说："你到底回来了，大概还是家里好。"

"不完全是。只不过家是现在唯一开门的地方。"丈夫答道。

妻："咱俩结婚5年啦，你一句真话都没有对我讲过。"

夫："胡说，这次我向你提出离婚，就是真话。"

一个胖女人从疗养院发出一封电报："来此已经一个月，减肥成绩良好，体重已轻了一半，我什么时候才能回来呢？"

她丈夫回电说："那就再住一个月吧。"

玛莎在饭馆里责骂她的丈夫。最后，她尖声叫道："在世界上所有可耻的人中你是最卑鄙的一个！"

这时，饭馆里所有的人都吃惊地看着他们。她丈夫察觉后，马上提高声音说："骂得太好了，亲爱的！你还对他讲了些什么？"

某先生颇有东洋之风，从来不帮太太做家务。

妻子生日那天，他心血来潮地对太太说："你今天不用洗碗碟了。"

太太喜出望外地说："太好了，谢谢你帮忙。"

先生回答："你留着明天再洗吧。"

一位学者在新婚燕尔之际，仍然手不释卷地读书。妻子愤愤地埋怨道："但愿我也能变成一本书。"

学者疑惑不解地问："为什么？"

"只有这样，你才会整日整夜地把我捧在手上。"妻子说。

看到新婚妻子满腹怒气，学者说："那可不行——要知道，我每看完一本书就要换新的……"

妻子："如果我们拒付两次洗衣机的赊款，一次电冰箱的赊款，我们就有钱买电视机了。"

丈夫："如果再拒付电视机款的话，我们就可以到世界各地旅游了！"

妻子："你每天看电视剧都入迷了，一点也不关心我。"

丈夫："谁说的！"

妻子："那我问你，咱俩结婚的日子是哪一天？"

丈夫："咳，演《倒霉大叔的婚事》那一天呗，我记得没错吧？"

病妻对丈夫说："我要是死了，你怎么办？"

丈夫："求上帝保佑，绝不要那样。……你不要讲这样的话，否则我会丧失理智，会发疯的。"

妻子："不，不，我不是这个意思。我只想了解，你会再结婚吗？"

丈夫："说实话，我也不知道了……疯子是什么都会干得出来的。"

小李自结婚之后，就不曾带妻子去外头吃饭馆或喝咖啡。有一天，妻子向他大发娇嗔：

"你这个人可真没情调，几时我们到咖啡厅去坐坐嘛！"

小李爽快地答应："没问题，我举双手赞成。"接着又问妻子："可是，我们在咖啡厅要聊什么呢？"

一对年轻夫妇吵架了。

妻子："我真是个傻瓜，竟嫁给了你这样的人！"

丈夫："是的，你过去的确很傻。不过，我原以为你会变得聪明些的。"

妻子："我和你结婚，你试想有几个男人失望呢？"

丈夫："哼！那大概只有我一个人了。"

饶舌的妻子对驯服的丈夫说："你昨晚又说梦话了。"

丈夫说："一点不错。不然，我就没有说话的机会了。"

一天，丈夫在专心看书，而妻子则在一边看电视。这时，电视屏幕上出现一对恋人，男的说："亲爱的，我一直把你当成是自己的一部分。"

妻子听后，很受感动。于是，她对专心看书的丈夫说："喂！你呢，你何时曾把我视为你身体的一部分呢？"

丈夫心里很嫌妻子开电视干扰他看书，就毫不理会。

"喂！我问你哪！到底我是你身体的哪一部分呀！……"妻子再三地问。

丈夫不耐烦地回答："是盲肠！"

妻："你结婚前不是发誓要永远做我的忠实奴仆吗？"

夫："那是当时的情况决定的。"

妻："现在呢？"

夫："我应该从'奴隶'晋升为'将军'了。"

燕尔新婚，新娘对新郎说："今后咱们不兴说'我的'了，要说'我们的'。"

"好吧！"新郎说完去洗头。

新娘见新郎久不出来，便问："你在干什么呢？"

新郎答："亲爱的，我在刮我们的胡子。"

细菌学家对他的妻子说：

"亲爱的，我给你准备好了你意想不到的生日礼物。"

妻子："看你这么高兴，是什么？"

"是我用你的名字命名的病毒。"

一对老夫妻吵嘴后，彼此不开口了。

过了几天，先生忘记了吵架的不愉快，想和太太说话，可是太太就是不理他。

后来，先生在所有的抽屉、衣橱里到处乱翻，弄得老太太忍无可忍，她问道：

"你到底找什么呀？"

"谢天谢地！"老先生说，"我总算找到你的声音了。"

丈夫说："亲爱的，我第一次发现你原来还是个美人。"

妻子说："结婚5年了，你才发现！早知道这个家埋没人才，我才不来呢。"

"你的意志不坚定，你看，王先生戒烟戒酒了！"太太说。

"好了，我听够了，我要你看我意志力，从今天起，我们分床睡。"

他们分床了几个星期。有一天晚上，丈夫听到自己卧室门上有轻微的敲击声。

"谁？"他吼道。

"是我。"他太太和蔼地说，"我是来告诉你，王先生又开始吸烟喝酒了。"

一个推销员的妻子哭着说：

"每次你外出时，我就很担心。"

丈夫安慰她说："亲爱的，别替我担心，我随时都会赶回来的。"

"我知道，那正是我担心的原因。"

夫妻打架后，丈夫坐在角落忧心忡忡地想着心事。过了一会儿，妻子走到他跟前，问他："你在想什么？"

丈夫气势汹汹地吼叫："我想你死的时候，我在你坟前写什么？"

妻子反唇相讥："你就为这事伤脑筋呀！……你就让他们写上'多年的寡妇'好了！"

妻："我常想：我做了男人就好了。"

夫："为何？"

妻："我往往在绸缎店里看见了好的衣料，就想：我若是男人，一定买回去给老婆，不知她怎样快活呢！"

一个叫罗伯特的美国渔民，把捕到的最大的几条鱼作成标本挂在自己房间的墙上，每条鱼的下面都挂上一个牌子，上面写着：

"大鲤鱼。罗伯特·雷捕于银湖。"

"鲶鱼。罗伯特·雷捕于埃塞斯河。"

他妻子看到后，把罗伯特的大照片挂到墙上，下面也挂上了一个小牌子，写着：

"罗伯特·雷。玛丽·阿利丝·罗伯特捕于夫林特城。"

一个妇女非常厉害，经常打自己的丈夫，邻人们为此而责备她："丈夫是一家之主，妻子应该听从丈夫，丈夫好比是脑袋，妻子好比是身躯，身躯怎能不听从脑袋的话？"

这位悍妇答道："难道我就不能随便打我自己的脑袋？"

夫妇俩吵架之后，互不理睬。在晚上就寝前，丈夫递给妻子一张字条，上面写着："明天早上 7 点叫醒我。"

第二天，丈夫醒来时已是 9 点半。他急忙穿衣，只见床头放着一张字条，上面写着："7 点了，快起床！"

争吵得厉害时，妻子便提出建议："我有两个方案可以结束这场争吵。一个是，要么我们都承认是我对了。"

"另一个呢？"丈夫问。

"要么我们都承认是你错了。"妻子说了第二个方案。

一对新婚夫妇在争吵。后来，妻子再也忍受不住，哭了起来。

"我要跟你分了。我要去收拾东西，离开这里，去母亲那里。"

"很好，我亲爱的，车费在这里。"她的丈夫说。

她接过钱数了起来，然后问道："我回来的路费呢？"

一天，一位富商郁郁不乐地对妻子说："真糟糕，我的胡子越来越白了，头发还是黑的。这有多难看呵，你说，到底是什么原因呢？"

妻子想了想，就说："那还不简单，你这一辈子嘴巴用得最多，脑袋用得最少嘛！"

🍁 家长与孩子

　　富有的老夫妻正在庆祝他们结婚四十周年的宴会，三个已成年的儿子和他们一起吃晚餐。老人发现几个儿子竟没有一个带礼物来，心里有些不高兴。饭后便将他们叫到一旁。

　　"你们都已经成年了，"他说，"也已经够大，可以知道这件事。你妈和我从未合法地结过婚。"

　　"什么?"一个儿子喘着大气叫道，"你是说，我们是私生子?"

　　"是的，"老人说，"而且是最吝啬的私生子。"

　　青年对父亲说："爸，我想结婚。"

　　父亲对着儿子端详了半天，说："现在不行，孩子！你得等一段时间。"

　　过了一段时间，青年又在他父亲面前重复了同一要求。

　　父亲对他说："孩子，你应该再等等，还没到时间呢。"

　　儿子："爸，可是什么时候才到时间呢?"

　　父亲："等你成熟了，有了理智的时候。"

　　儿子："照你看来，什么时候我才成熟，才有理智呢?"

　　父亲："当你彻底放弃结婚念头的时候。"

　　一大学生花了很长时间都没能说服任何一位姑娘陪他去参加社交活动。最后，一位最漂亮的女生答应了，这使他喜出望外，于是马上给新近离异的父亲发去电报："我有一位姑娘，速寄钱来。"

　　父亲也马上回电道："我有钱，速送姑娘来。"

　　青年渴望离家自立，对父亲说："爸爸，你听我说。我要过充满刺激、冒险的生活。不要试图劝我留下！"

　　他父亲答道："谁要劝你留在家里? 我们父子俩一起走吧！"

　　一位大名鼎鼎的军人兼政治家对小儿子说："你是世界上最强大的人。"

　　儿子不明白地问："为什么?"

父亲："我统治这座城市，你母亲统治我，而你却统治着谁也不敢统治的母亲！"

哈里在寄宿学校给父亲写了封信，整封信只有六个字："无钱，无趣。儿子。"
一个星期以后，他收到了回信，内容是："多差，多悲。父亲。"

半夜里，刺耳的电话铃响了。杰克迷迷糊糊地拿起话筒，是长途电话。他心里咚咚直跳，听到里面说："是你吗？我的孩子。"
"哦。妈妈，是您，出什么事了？"
"没什么。"他听得见妈妈在咯咯地笑，"我的孩子，今天是你的生日。"
"您！唉，您深更半夜把我从床上叫起来，就是为了告诉我这件事吗？"
"嗯，因为三十年前的今天，你也是在这个时候把我从床上折腾起来的。"

贝克尔一家在不来梅有一套高级住宅。贝克尔的三个孩子几乎从不去花园，只是在家里玩儿，因此家里显得十分热闹，贝克尔太太几乎没有安宁的日子。
一次塔特·埃弗雷德突然来访，目睹了一场"强盗与宪兵"的游戏。随着"砰！砰"两声枪响，贝克尔夫人倒在地下，三个孩子喊着冲进厨房。几分钟过去了，贝克尔夫人依然躺在那里，塔特·埃弗雷德感到害怕了，上前问道："你怎么啦？"贝克尔夫人闭上眼睛，轻声说道："嘘，我时常这么做，这样可以多休息一会儿。"

母亲问女儿："为什么你打算解除婚约？"
女儿："因为他是无神论者。"
母亲，"你怎么知道的？"
女儿："昨天我们一起谈话，他不相信有地狱。"
母亲马上说："宝贝，你别在意，你们结婚后他肯定会相信有地狱的存在。"

女儿请求母亲指教如何选择一位好丈夫，母亲说：
"这个问题还是问你父亲吧，因为他在婚姻方面比我顺利。"

儿子对患有心脏病的父亲说：
"您身上带着药片吗？"

父："有。"

子："那我告诉您，期末考试我没及格。"

父亲："你妈长期生病，没有劳动力。分家后你应负担你妈的一部分生活费。"

儿子："你的妻子要我负担，那么，我的妻子归谁管呢？"

"爸爸，您能闭上双眼写您的名字吗？"

"当然可以，我的孩子。"

"那么，您就闭着眼睛在我的记分册上签个名字吧！"

妻子让丈夫洗碗，丈夫不好意思拒绝，便把儿子叫来。

"孩子，现在我让你练习洗碗，将来可以帮你妻子的忙。"

"不必，爸爸，以后我可以叫我儿子洗。"

爸爸："怎么搞的，大白天还开灯？"

儿子："这是你早晨上班前忘记关了。"

爸爸："你发现了，为什么不关上？"

儿子："你不是经常教育我要用事实说服人吗？"

小儿子有一天忽然问："爸爸，在你还是小孩子的时候，你爸爸打过你吗？"

"当然，他打过我的。"父亲回答说。

"那么，当他是个小孩子的时候，他爸爸打过他吗？"

"当然，他爸爸打过他的。"父亲笑着回答。

小儿子想了一会儿，然后对他说："爸爸，假如你愿意和我合作的话，我们可以中止这种恶性循环的暴力行为。"

"我处罚你是因为我爱你，我的孩子。"父亲说。

"我知道，爸爸，但是我不应该得到这么多的爱。"

一个孩子问父亲："爸爸，做父亲的总是比儿子知道得多吗？"

"是的。"

"蒸汽机是谁发明的？"孩子又问。

"瓦特。"父亲神气地回答。
"那么,为什么瓦特的父亲不发明蒸汽机呢?"

一位老人给远方的儿子写了封信:"孩子,家里要买些东西,你寄些钱来吧。"
不久,他接到儿子的回信,上面写到:"爸爸,你要钱的那封信欠资两角,我已补足!"

父亲(训儿子):"你竟敢背着我抽烟,我一棍子打死你!"
儿子(胆怯地):"别打我。我向您保证:从现在起,我抽烟一定不背着您。"

儿子:"爸爸,您的记性一定不好!"
爸爸:"胡说,我的记性挺好的。"
儿子:"那奶奶怎么常说您娶了媳妇忘了娘呀!"

爸爸:"你今天做过错事吗?"
小华:"我今天把酒杯打碎了。"
爸爸:"你撒谎,酒杯还在呢。"
小华:"我撒谎是为了让你开心。"
爸爸:"什么?"
小华:"因为你最开心的事就是教训我。"

父亲:"凡是当天能完成的事情都不应拖到明天。"
儿子:"那好,爸爸。请把刚才剩下的那块火腿肉拿给我。"

"给我买个雪糕吧,爸爸。"
"我兜里没有钱了。"父亲说。
"今天刚发工资就没钱了?"
"让小偷给偷去了。"
"我回家告诉妈妈去,你说她是小偷。"

"你知道我为什么要惩罚你吗,阿瑟?"
"不知道。爸爸,为什么呢?"

"因为你打了比你小的孩子。"

"可是我比你小呀，你为什么要打我呢?"

儿子："爸爸，拿破仑什么时候死的?"

父亲："不知道。"

儿子："爸爸，你可以说不知道，我却明天就要被学校的老师骂了。"

一男子将他的五个儿子召到一块说："这一周谁该得到奖励? 谁比别人更有理性? 谁更听别人的话? 谁更服从妈妈?"

五个儿子异口同声道："就是你啊，爸爸!"

妻子正为儿子顽皮、不好好吃饭犯愁，丈夫则抢过饭碗说："我有一个办法让他好好吃饭。"于是端着饭碗对儿子说："宝贝，这是专门给你做的，吃了就会长得高大强壮，乃至你妈都会怕你三分……"

儿子接过话茬道："那你怎么不吃它?"

父亲："在你们班里，你老是最后一名，我邻居的儿子老是第一名。"

儿子："那是因为他继承了他爸爸的聪明。"

儿子问爸爸道："一和二十，哪一个数大?"

爸爸道："自然是二十大。"

"那么，我考试列二十名，不是比第一名好么?"

父亲："考取了学校，赏你一辆脚踏车。考不取，就没有，你近来怎样用功?"

儿子："我正在练习脚踏车。"

儿子："妈妈，妈妈，您再生个小孩吧!"

妈妈："别闹了，我哪有那个时间呀。"

儿子："那您就在礼拜天生呗!"

"妈妈，母亲节您要什么礼物?"三个孩子问他们的妈妈。

"我只想要三个听话的孩子。"

"啊,"老大叫了起来,"那我们不是将有六个兄弟了吗?"

孩子:"妈妈,我们是上帝养活的吗?"

妈妈:"当然喽,亲爱的。"

孩子:"礼物也是上帝发的?"

妈妈:"那还用说。"

孩子:"那我不明白,我们还要爸爸干什么?"

母亲:"阿三!你怎么将你的手指弄伤的?"

阿三:"是打锤打伤的。"

母亲:"我怎么没有听见你哭呢?"

阿三:"我以为你没在屋呢。"

早晨起床,母亲进屋梳妆,女儿也一同进去。

女儿:"妈妈,您头上怎么就有这么多白发了?"

母亲:"女儿找对象,总不愿听妈妈的话。妈妈焦虑不安,所以头发白了。"

女儿:"哦,那您当时——难怪外婆的头发全白了啊!"

母亲在星期六的晚上,给他的儿子两个饼子,叫他分作两天吃。他儿子一天便吃完了。母亲问他,他说道:"明天星期日,嘴巴也应该休息的。"

妈妈:"你要哪一个苹果,博比?"

小博比:"最大的那个。"

妈妈:"博比,你该懂礼貌,要小的。"

小博比:"妈妈,难道要懂礼貌就得撒谎吗?"

妈妈深夜回家,看到地上有许多花生壳,桌子上还留着一张纸条,上面写着:"妈妈,对不起,明天一定打扫。"妈妈嫌脏,就顺手打扫了。上床时,她在枕边又看到一张纸条:"谢谢你,妈妈!"

儿子:"妈妈!我今天在学校得了 100 分。"

母亲："你成绩怎么今天忽然好起来了？"

儿子："默写 50 分，算术 50 分，一共就有 100 分了。"

孩子突然不哭了，于是母亲问："怎么不哭了？"

儿子："不，我要休息一会儿。"

亨利问妈妈："一个人会不会因为自己没有做过的事情而受到惩罚？"

"当然不会。"妈妈答。

"挨骂呢？"

"也不该挨骂，小宝贝。"妈妈温和地说。

"那么，谢天谢地。我今天没有做功课。"

妈妈："玛丽，你手上、脸上怎么这样脏呀？你见过我穿这么脏的衣服或者把手弄得这么脏吗？"

女儿："我怎么能看见您小时候是什么样子呢？"

丈人与女婿

西蒙诺夫的女婿身材特别矮小。有一天，他佩着一把很长的宝剑来拜访岳父大人。西蒙诺夫见了高声叫道：

"是谁把我的女婿绑在宝剑上了？"

女婿在丈人面前抱怨，说自己的妻子如何蛮横无理。

"如果我的女儿再一次给你招来烦恼，"丈人回答说，"我一定取消她的遗产继承权！"

老年人问未来女婿："你和我女儿结婚时，假如我给她一份丰厚的嫁妆，你有什么给我呢？"

年轻人想了一会儿，答道："我可以给你一张收据。"

一个人带着自己的妻子去找医生去摘扁桃腺。医生做完手术，对他说：

"她在小时候就该摘掉扁桃腺的。"

"是吗?"这人听了十分高兴。当天,他就给岳父寄去了手术费单据。

未来的岳父对女婿说:"我同意把我的女儿嫁给您,那六万马克的嫁妆先给你存在银行里。"

年轻人沮丧地说:"您最好把六万马克给我,把您女儿存在银行里!"

老头儿:"你要娶我的女儿,你须有能力供给我女儿所需要的一切。"

青年男子:"是,是。她说在世上只需要我。"

法官对女儿的男朋友颇为不满,说:"我曾告诉你,那人不可靠,且懒惰,不适宜做你的终身伴侣。"

"他对我讲过此事。"

"他怎么说?"

"他说你的裁判错误不止这一次。"

✽ 老师与学生

一个小学生在作文中写道:"公共汽车上的人挤得像火柴盒里的火柴一样。"

老师批道:"火柴没那么挤。"

一位教诗词的教授为人风趣,只是上课时吞云吐雾,烟不离口。某日,一位坐在第一排的女同学被烟熏得受不了,便礼貌地向他建议:

"教授,可不可以不抽烟?"

教授略微地低头,沉吟了一会儿,于是把烟头灭了,抬头说:"你既然不愿意接受我的熏陶,那我也不勉强了。"

一大学教授习惯在课前对学生考勤,他注意到有些学生常替那些缺席的同学答"到"。有一次他喊:

"齐雅德!"

没有人回答,他又叫了一次:"齐雅德!"

仍没有人回答，他恼怒地望了望，然后大声说道："难道这个可怜虫就没有一个朋友吗？"

老师要求学生写作文，题目是："我长大了要干什么。"

米歇尔写道："我长大要当一名警察去帮助大家，去抓坏人。"

老师的评语是："很好的愿望！先注意你的同桌罗伯特，他说过长大了要去抢银行。"

老师："今天我们上午只上半天课。"

学生："万岁！"

老师："下午上另一半！"

老师："尼古拉，为什么你迟到了？"

尼古拉："我妈妈病了，我给她买药去了。"

老师："你呢，雷蜜？你为什么迟到？"

雷蜜："我的表慢了。"

老师："你呢，赛尔日？"

赛尔日："我头疼。"

老师："安图瓦，你呢？"

安图瓦："他们都说了，我再没什么可说的了。"

一位老师在上课时说，她常常觉得，她是处在"知识的汪洋大海"之中，而她可用来汲取知识的工具，却只有一把小小的羹匙。

这时候，突然响起一个学生伤心而又绝望的话声："可是，老师，我却常常觉得，我手里拿着的只是一把叉子呀！"

老师对吵闹不休的女学生说："两个女人等于1000只鸭子。"

不久，师母来校，一名女生赶紧向老师报告："老师，外面有500只鸭子找您。"

老师："犯一次错误，应该吸取一次教训。"

学生："这我清楚。"

老师："那你为什么屡教不改?"

学生："我是为了吸取更多的教训才这样做的。"

教授："我很高兴,你的数学成绩今天竟有八十二分。"

学生："要是你肯给我一百分的话,我相信你会更高兴了。"

老师："同学们,今天是家庭问题讨论课。沃尔夫,你认为要解除家长与学生不和的问题,最好的办法是什么?"

沃尔夫回答:"老师,最好的办法是:你在我的学习通知单上全填上满分。"

老师对全班的学生问:"考卷已经交给印刷厂去印了,还有什么不懂的地方要问吗?"

教室里一片寂静。突然从后面有人问了一声:"请问是哪一家印刷厂?"

老师:"阿伯特,如果你一定还要讲话,那我就只好把你送到校长办公室去了。"

小学生:"哦,是不是校长需要有个人去同他谈话呢?"

老师:"希望你在新的一年中克服所有缺点。"

学生:"希望你也能这样。"

老师:"可是,我的孩子,你的朗读没一点进步,这是怎么回事呢?我在你这个年龄,已经朗读得十分流利了。"

学生:"毫无疑问,这是因为您的老师比我的老师好。"

一年级的教室里乱嚷嚷一片,老师生气地对孩子们大声说:"肃静!坐在教室里应该保持绝对安静,甚至能听见一只苍蝇飞过去的声音。"

教室里顿时鸦雀无声。

过了一会儿一个学生终于忍不住喊了起来:"老师,您到底还等什么呀?快放苍蝇吧!"

"如果教务长不收回他今天上午对我说的话,我就退学。"

"他说些什么?"

"他要我退学。"

老师："你的考试成绩怎么不能像你打篮球那么好呢？"
学生："打篮球有人合作，可考试没人合作。"

老师与学生家长

某人想送他的儿子到学校念书。老师说："我们可以收下他，只是你要交足20个法郎的学杂费。"

"什么，20个法郎？这么多呀！我可以用它买一头驴了。"

老师回答说："假如你真用这20个法郎去买驴，而不让孩子上学的话，那将来你家就会有两头笨驴了。"

父亲跟老师谈论自己的儿子："请您告诉我，我儿子历史学得怎样？当初我念书的时候，就不喜欢这门课程。有一次我历史竟考了个不及格。"

老师回答说："历史在重演。"

老者与少者

约翰不知该送什么东西给他的同龄女友做生日礼物。于是他问祖母说："祖母，要是明天是你的16岁生日，你想要什么？"

祖母开心地回答："我什么东西都不要了。"

年轻人："您已经快70岁了，您的愿望是否都实现了？"

老年人："我小时候父亲骂我时总揪我的头发，那时我想我要是个秃顶多好呀！我现在终于实现了我的愿望。"

一个老人申请当兵。负责登记的中士问："您多大岁数了？"老人答："62岁。"中士说："你可知道这个岁数当兵太大了！"老人说："当士兵也许大了些，可你们难道不需要一位将军吗？"

"我能为你买什么样的生日礼物，小别佳?"

"就买唱片吧，爷爷。"

"但我不知道你喜欢什么样的唱片?"

"让售货员放给你听听，你就给我买那些你最不爱听的唱片。"

一位上了年纪的老头在海滩上遇到一个孩子，便问他:"你几岁了?"

孩子答道:"六岁，老爷爷!"

老人说:"都六岁了，还没我的伞高!"

孩子走近伞，站在伞旁边使劲伸长脑袋问:"您的伞几岁了?"

老人:"年纪大了，失去记忆力，什么都忘了。"

青年:"我有方法医治。"

老人:"怎么治?"

青年:"你借一百元给我。"

🍁 主人与客人

有一个不愿意劳动的人，长时间住在朋友家里吃闲饭。他的朋友已经很不喜欢他了，但又不好意思赶走他。有一天晚上，主人陪着这位朋友在门前散步，忽然听到树上有一只鸟叫。主人就停下来，指着树上的鸟，对他朋友说:

"明天我磨磨斧子，砍了这棵树，等树倒了，抓住这只鸟给你吃，怎么样?"朋友说:"那怎么行! 树倒了鸟一定要飞的，怎么能抓得住?"

主人笑着说:"别担心，我看这是一只呆鸟，就是树倒了，它也是不会飞走的。"

一个爱占小便宜的人，常在人家白吃白喝，吃了上顿等下顿，住了两天住三天。一次，他在一户人家白吃了三天后，问主人:"今天弄什么好吃的呀?"

主人想了想，说:"今天弄麻雀肉吃吧!"

"哪来那么多麻雀肉呢?"

主人说:"先撒些稻谷在晒场上，趁麻雀来吃时，就用牛拉上石滚碾过来，不就行了吗?"

这个爱占便宜的人连连摇手说："这个办法不行，还不等石滚碾，麻雀早都飞跑了。"主人一语双关地说："麻雀是占便宜占习惯了的，只要有了好吃的，怎么碾（撵），也碾（撵）不走的。"

有个客人，坐了大半天，也没见主人有留他吃饭的意思，便说"从前，萧何追韩信，追到一个树林下的溪沟旁边……"

主人听了很好奇，就问："以后怎么样了？"

客人接着说："他俩见溪水清清，溪里的小石块晶莹可爱，便坐在那里谈了许久……"

主人又催问："接着又怎么样了呢？"

客人站起身，说："谈的时间长了，也就走了，因为，肚子已经饿了，再没劲谈下去了！"

✳ 穷人与富人

早餐前，一位绅士在散步，与一个穷人打了个照面。

"早上好，先生！"穷人说，"你今天出来得好早啊？"

"我出来散散步，看看能否有胃口对付早餐。你在干什么？"绅士问道。

"先生，"穷人回答说，"我是出来转转，看看是否有早餐对付胃口。"

富翁瞧了瞧坐在身边的农夫，有意想侮辱他一下，便对农夫说："喂！你看看自己，跟一头毛驴能差多远？"

农夫迅速地量了一下两人之间的距离，坦然地答道："近得很，最多只有30厘米！"

有个地主闲着没事，常出些难题刁难人来显示自己有本领。一天，他戴着眼镜，身穿长衫，手撑凉伞出外游玩，被一个正在耕地的农民看见了。农民对着牛狠狠地骂道："瘟牛，东晃西荡不走正道，眼瞎啦！"说着就是一鞭子。

地主听后，越想越不对味，这不明明是骂我吗？他站在地头不走了，想等农民赶牛来时狠狠地骂他一顿。

"嗨！嗨！"农民赶着耕牛过来了。快到地头时，农民突然松了手上的犁把，然后便一手拉牢牛绳，一手抓起泥巴，使劲往牛屁股里塞。地主正瞪圆双眼准备发作，一看农民这一举动，忍不住笑了。他问农民："喂，你这是干什么?"农民高声回答说：

"我算计它等会要放臭屁，先把它糊住!"

一个人很穷，但从来不奉承富人。

一个富翁对他说："我家财万贯，你为什么不奉承我?"

这人说："家财是你的，你又不分点给我，为什么要奉承你呢?"

富翁说："我把家财分两成给你，你该奉承我了吧?"

这人说："两成太少了，我不会奉承你。"

富翁说："那我分一半给你，总该奉承我了吧?"

这人说："分我一半，我们两人就平起平坐了，我为什么要去奉承你呢?"

富翁说："我把家财全部给你，你奉不奉承我?"

这人哈哈一笑说："全部给了我，你就变成穷光蛋，你穷我富，该你奉承我了。"

乞丐向富翁哀求道："老爷啊! 我已三天没有饭吃了，家里还有七十多岁的父母，五六个小孩子，都靠我活命呢，求你救我一家的命，赏几个钱吧。"

富翁连忙立起，拱手道："恭喜你! 双亲在堂，儿女绕膝，我还没有你这样福气呢!"

✳ 仆人与主人

主人不给一文钱，就叫仆人去买酒，仆人莫名其妙地问道："老爷，没钱怎么买酒呢?"

"花钱买酒谁不会?"主人生气地说，"不用钱买酒才算本事呢!"

仆人只得拿着空瓶子走了出来。转眼间，又拿着空瓶子回来说："酒买回来了，请老爷美美地喝上两盅吧!"

主人一见是空瓶，大发雷霆地骂道："岂有此理，酒瓶空空如也，叫我喝什么?"

仆人笑着答道："瓶里有酒谁不会喝，要是能从空瓶里喝出酒来，才算有本事呢!"

夫人:"你明天早上把我叫醒。"
女仆:"好的,夫人。只要你按铃,我就来叫。"

学馆的仆人怪主人饭吃得太干净,只留一些骨头,就对天祷告道:"愿主人活100岁,我活101岁。"主人问其中缘故,仆人答道:"小人多活一年,好收拾您的骨头。"

主妇对新佣人说:"我不喜欢多言,只要我向你一伸手指头,你就得马上来!"
佣人说;"我也不喜欢多说,只要我向你一摇头,那就意味着我不去。这时,你就应当马上自己动手!"

有个财主,对待仆人很吝啬。
一天,仆人听到秋蝉叫,就故意问财主:"这个叫的是什么东西啊?"
"秋蝉。"财主答。
"它吃什么呢?"
"吃吃风喝喝露水。"财主答。
"它要穿衣服吗?"
"不要"。财主答。
"它跟你在一起最好了!"仆人说道。

太太到厨房看到一只准备上席的火鸡,于是对佣人说:"这鸡不得上席,因为它又瘦又小。"
佣人立刻说:"太太甭怕,我将用巴旦杏、花生、葡萄干充实它,这样,它会像你浓妆艳抹那样焕然一新!"

大热天,一个胖猪似的富翁躺在大厅上乘凉,可是身上的汗珠还是流个不停,于是,他便唤仆人来替他打扇。
仆人拿来一把大扇子,替他扇了一阵后,富翁马上觉得凉爽起来,摸摸身上,汗水已经没有了。他很奇怪地嘟囔着说:"咦!汗到哪里去了?"
仆人指着满头黄豆似的大汗珠子说:"老爷的汗都跑到我身上来啦!"

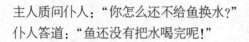

主人质问仆人："你怎么还不给鱼换水？"

仆人答道："鱼还没有把水喝完呢！"

夫人："呀！猫到小菜橱里去吃什么了，你为什么不赶走它？"

仆人："我要给你看看我没有偷吃的证据。"

主妇问两个懒惰的仆人："张妈，你在做什么？"

张妈："我不做什么事。"

主妇："李妈，你呢？"

李妈："我在帮张妈的忙。"

财主对伊赫说："你来给我当雇工吧。我给你吃喝，给你住，给你穿，怎么样？"

伊赫一口答应，并写下了契约。当天晚上，他吃了些东西，便躺下睡觉，一直睡到第二天上午 10 点还没起床。财主大发雷霆，跑来训斥道："喂，你想睡多久？我看你是发神经病了吧？"

"你才发神经病呢！"伊赫说，"我吃了喝了，又住下了，现在遵照契约，正等着你来给我穿衣服哪！"

一位年轻人工作了几星期后，有一天，他被召至人事科长的办公室。科长问他："你在申请工作时告诉我们，你已经有 5 年的工作经验了，可现在我们发现这是你第一次找工作。"

"是这么回事，"那年轻人说，"在你们登的广告里不是说要找一个具有想象力的人吗？"

有位阔妇，平时对佣人十分苛刻，因此没有一个佣人能在她家干满一个月。她对新来的女仆除了碗碟洗得干净表示满意外，其他则无一件令她称心，于是这个女仆只好辞去这份工作。

女仆向她道别不久，手里提着一块牛肉回来送给阔妇的狗吃，这位阔妇诧异地问："你不为自己买点东西，怎么买了牛肉喂我的狗？"

"太太，我必须感谢你的狗，是它每天把你家所有碗碟舔干净的，蒙它帮忙，才让太太满意。"

老王叫木匠装门闩，结果木匠把门闩装在门的外面，老王大骂道："你这木匠瞎了眼睛吗？"

木匠也骂道："你才瞎了眼哩！你假使不曾瞎了，就决不会请我这个木匠。"

老爷站在磨坊门口，他看见毛驴在拉磨压面，脖子上系着铃铛，于是问磨面工："为什么要在驴脖子上系铃铛呢？"

磨面工："说不定跑到磨坊外面，或者进到库房去。如果我没听到铃响，那就是它不转了。"

老爷："如果它停下来是动脑袋，你以为如何？"

磨面工："老爷真是聪明绝顶，像老爷这样脑袋的驴哪去找啊！"

过去，有个财主刻薄成性，他雇了三个放牛娃，既不给他们吃饱饭，也不给他们裤子穿，以致他们经常光着屁股。他们向财主要裤子穿时，财主说："小孩屁股一盆火，哪能冻着！"

腊月十八，财主大寿，众客人酒足饭饱后，财主叫放牛娃赶快烧水沏茶。

三个放牛娃提来一壶冷水，往客厅上一放，三人的屁股撅得老高，对着水壶不动弹。

财主见了，大怒，说："这是干啥？"

"老爷，你不是说小孩屁股一盆火吗？我们三人就是三盆火，水一会儿就会烧开。"

一个富翁雇了个工人，叫他干一个月活，并答应付给他两百个里亚尔。可是，到了月底，富翁却说：

"你必须先到城里给我拿两样东西来，否则，就别想拿到工钱。"

他要的那两样东西，世界上根本就没有，他就这样骗了许多人。

有一次，他又雇了个男孩，叫他干一个月活，也答应给他两百个里亚尔，到了月底，富翁又对这个孩子说：

"你到城里的集市上去给我拿两件东西来，一件叫'啊'，一件叫'哇'。"

小孩听了，心里一怔，后来，他终于想出了办法。他假装去了一趟市场，回来后，给主人带回一个瓶子，里面装满了蜈蚣和蝎子。

"我给你把'啊'和'哇'都拿来了，你把手伸进去拿吧！"小孩说。

富翁先是十分惊讶，但还是把手伸到了瓶子里。

蜈蚣咬了富翁一口，他疼得惨叫一声："啊！"

小孩见了哈哈大笑，说：

"现在你再去拿'哇'吧！"

富翁不敢再试了，只好老老实实地给了小孩两百个里亚尔。

🍁 师傅与徒弟

"师傅，我用您的推拿术，才推拿了几下，病人就跑掉了。"

"没关系，我再教你几手擒拿术，这样病人就跑不掉了"。

小铁匠快要满师了，他的师傅对他说道："徒弟，你在我这里学了三年，差不多我知道的完全告诉你了。不过还有一个秘诀，非得你满师的那天，请我吃一顿，否则我决不传授给你。"

小铁匠没法，只得照办。吃完酒饭之后，他的师傅才拉他到一个僻静的地方说道：

"徒弟！我所要告诉你的秘诀，就是铁烧红了的时候，你千万不要用手去拿。"

有位剑术教练，每天睡午觉，却不许弟子睡。

"只有老师睡午觉，这不公平！"

"我在梦中会见宫本武藏殿下，以求剑道之精华！"教练回答。

有一天，他见弟子在睡午觉，大怒，举起竹剑便打，说：

"说了不准睡，为什么还睡？"

"我也会见了武藏先生。"

"你耍贫嘴！武藏先生说了什么？"

"武藏先生说他根本就没见过您！"

🍁 国王与平民

一位勤劳的农民，从自己的菜园里收获了一个从未见过的大南瓜，他又惊又喜。后来，他把这个南瓜送给了国王。

见了这个硕大无比的南瓜，国王喜出望外。为了回敬农民，他赠给农民一匹骏马。

这消息很快传遍全城。有一个财主想：国王收到了一个南瓜，就能慷慨地回赠一匹骏马；若是我奉献给他一匹好马，他会回赠我什么宝贝呢？

于是财主从自己的马群里选了一匹最好的马，送给了国王。国王猜出了财主的用心，他收下马，向他道了谢，然后吩咐侍从说：

"这位就是赠我骏马的人，为了答谢他，请把农民赠给我的南瓜转赠给他！"

国王与大臣一起吃着肉食。趁大臣不注意，国王将骨头都堆在大臣面前，他们吃饱后，国王说：

"爱卿，你真是个饭桶！看你跟前的那些骨头！"

"真正的饭桶，可能是陛下，"大臣回答说，"你看，你连骨头都吃掉了！"

一位国王遇见未经许可打猎的人，于是粗暴地问道："你在这儿干什么？"

未见猎人回答，国王又问："你知道我是谁吗？"

猎人仍不语，于是国王说："我是国王！"

这时，猎人松了一口气说："感谢上帝，我还以为你是森林卫士哩！"

有个自称先知的人被带进了王宫。国王盯着他问："你是先知吗？"

自称先知的人回答说："是。"

"那我问你，"国王又问道，"真主把你派给谁了？"

"派遣给你了。"

"我看你是个大傻瓜！"

自称先知的人不动声色地说："真主给什么样的人派遣什么样的人！"

有一次，某著名音乐家到俄国沙皇宫殿演奏钢琴，其间，沙皇一直在说话。第二次，他又到宫殿为沙皇演奏，沙皇照样在说话，于是他停止了演奏。

沙皇问："你怎么停止演奏了？"

音乐家："陛下说话，大家都得安静！"

某国王是个暴君，人民都非常痛恨他。一次国王到河中游泳，游到中间，腿突然抽筋了，眼看就要被淹死。恰好有个农民在河边的地里干活，于是他就跳到水里把国王救上岸。上岸后，才知道被救的是国王。

国王很高兴，对他说：

"你救了我的命，你要什么东西，我都能答应。"

这个农民考虑了一会儿，对国王说：

"我请求你不要告诉任何人，我救过你的命。"

有个渔夫捕到一条他从未见过的美丽无比的鱼，就将它进献给了国王，以图得到一大笔赏钱。

国王见了这条美丽的鱼，非常高兴，便下令赏给渔夫一百枚金币。

国王身边的一个大臣，看到给渔夫那么多钱，很不高兴。他悄声对国王说：

"陛下，为什么为一条鱼付出了一百枚金币，太不值了。"

"一言既出，驷马难追。你叫我怎么办呢？"国王说。

"这个容易，"大臣说道，"陛下可以问问这个渔夫，这鱼是公的还是母的。如果他说是公的，您就说是母的，如果他说是母的，您就要说是公的。不管怎么说，您都可以把账赖掉。"

国王听后大喜，便问渔夫：

"这鱼是公的还是母的，你知道吗？"

渔夫回答说：

"尊敬的陛下，这是条反复无常的共生体鱼！"

有个皇帝非常凶狠，动不动就杀人，但他喜欢画画，他自以为自己的画画得很好，没人比得上，便到处拿给一些人看。那些人，怕他怪罪，也就总是奉承他，说他的画"前无古人，后无来者"。

一天，他又把自己的画拿给一个大画家看。大画家只看了一眼便说："要我评您的画当然可以，不过，您先得把我送进牢房！"

很久以前，有一个国王在大森林里迷了路。他走了好久好久，肚子很饿，总算到了一个农民家中。他向农民要了两个鸡蛋吃，吃完后，他掏出钱袋，问农民鸡蛋要多少钱一个。

"尊敬的国王，每个鸡蛋要 5 镑！"

"啊，这么贵！你们这里的鸡蛋很少吧？"国王惊奇地问。

"不！我们这里的鸡蛋很多，但国王却很少。"

百姓与官员

有两个职员在一个代办点出售某航空公司各航线机票。他们工作非常认真，一直没有出过差错。一天，一位政府官员来到这个代办点，大声斥责他们工作混乱，效率太低。当他看到两个职员无动于衷时就大声吼叫起来："你知道我是谁吗？"

这时两个职员才抬起头来，对视了一下，其中一个对另一个说："这位先生需要我们的帮助，他已经弄不清他自己是谁了！"

神职人员与平民

一个足球迷问神父："请告诉我，天堂有足球赛吗？"

神父说："我不知道。"

"你不是时常与上帝对话吗？下次你问问上帝吧！"

几天后，神父对他说："我照你说的问了上帝，他让我告诉你两条消息：一是天堂的确有足球赛；二是他为你预备了一张下星期的球赛入场券。"

宣道者："上帝所造的每件东西都是完美的。"

驼背者："那么我呢！"

宣道者："嗯，你是我所见到的最完美的驼背者了。"

一次布道会上，牧师大谈天堂之乐，形容得实在太好了。一个学生问："我就不信天堂有这么好，你也没去过。"

牧师答："兄弟，你可曾听谁说过，上了天堂的人有因为太苦而回来的吗？"

一位年迈但仍然精力旺盛的高尔夫球爱好者前去找巫师，询问天堂上是否有高尔夫球场，巫师说要去查一查，第二天给他答复。

次日，老人又来了。巫师说："我得到的既有好消息也有坏消息。"

老人说："先告诉我好消息。"

"天堂上有很宽阔的高尔夫球场，"巫师说，"球场上铺着碧绿的草坪，并备有最好的器械。"

老人接着说："现在告诉我坏消息吧。"

巫师说："下星期日上午十点半就该轮到您发球了。"

晚礼拜的最后仪式完毕后，礼拜堂的牧师转过身来，向一群学生问道："你们中间今天谁过生日？"

"今天是我的生日，牧师。"一个学生站出来，高兴地回答。

"啊，很好，亲爱的孩子，你去把那些蜡烛吹熄吧！"

教堂里正在做礼拜，有一青年在窗外听得出神。

一个迟到的教徒对青年人说："你怎么还不进去？"

年轻人答道："我还没有入门。"

一牧师来到一小镇，他告诉一青年说，他要去教堂发表训诫，请青年带路。

青年将牧师带到指定地点，牧师又说："你去把你的朋友都带到这儿来！"

青年问："为什么？"

牧师："我要向你们指明天道！"

青年："你连来教堂的路都不知道，还谈什么天道？"

某人跟一个面貌丑陋的牧师打趣："你赞美上帝，就是因为他把你造得这么美吗？"

"我虽然长得难看，"牧师高傲地反驳说，"然而上帝赐给我的知识，就跟你的头发一样多！"

对方脱下帽子，说道："这下，你怎么讲？"

原来他是个秃子。

牧师讲得毫无兴趣，听众都走了，只剩一个老太婆。牧师走下去称赞她时，她才醒来，问："你是昨天的牧师么？"

神父问 12 岁的孩子："谁是你的创造者？"

孩子思考一番以后答道："我爸爸。"

神父以同样的问题问 5 岁的孩子，孩子回答说："是上帝。"

于是，神父责备 12 岁的孩子："你不难为情吗？连 5 岁的孩子都知道是上帝创造了他，你 12 岁了，反而不知道！"

"对不起，"12 岁的孩子眨巴眨巴眼睛回答说，"这个孩子被创造出来还不久，所以他记得自己的创造者，我是早就被创造出来的，这些年别的事儿知道得多了，便把这事儿给忘啦！"

两个年轻的神父同骑一辆自行车在路上飞驰，结果被警察拦住。

"你们不觉得太快了一点吗？"警察问他们。

"不用怕，孩子，天主和我们同在。"一个神父说。

"如此说来，我更要罚你们款，因为三人不能同骑一辆自行车。"

教士约翰在街上碰到他的朋友，大吃一惊："您怎么这般蓬头垢面？"

朋友一听，高兴极了："您不是说过'上帝喜欢整洁的人'吗？我这样做是为了让上帝不喜欢我，我不愿去见上帝！"

有个牧师在解释祷告："向上帝祈祷就像打电话，你看不见对方的面容，但对方听得见你的声音。所以，虽然我们看不见上帝，但他总在倾听我们的声音。"

这时有个声音问道："上帝的电话号码是多少？"

一牧师作了一次只有十分钟的布道，对他来说，这是非同寻常的。

布道结束后，牧师加了几句说明："我的狗有吃纸的嗜好，今天早上吞了我大部分讲稿，致使我无法全部讲完，对此我深感遗憾。"

礼拜毕，属于另一个教区的一个信徒在门口拉住牧师问："牧师先生，您的狗有没有小崽？如有，千万给我一只，我好送给我们的牧师。"

有一天，牧师的家里发生了火灾，家里的东西都烧毁了。

第二天，牧师将家里发生的不幸告诉了农夫："我丧失了全部财产。但最令人苦恼的是，我的传教资料被烧得精光。"

"这东西最容易着，"农夫说，"因为它比任何东西都枯燥。"

年轻的牧师第一次主持礼拜的时候，小教堂里空荡荡地只坐着一位农夫。看见牧师失望的样子，农夫善意地说：

"当我喂马时，即使只有一匹马前来，我还是会喂它的。"

牧师听后大为鼓舞，开始冗长的礼拜仪式。事后他征求农夫的意见。农夫睁开惺忪的睡眼，说道：

"假如只有一匹马，我就不会用整车的草料喂它了！"

牧师对一群穷人讲道时说：

"富人进天堂比骆驼穿针眼还困难。"

一位听众打断了牧师的话，说：

"富人能不能进天堂，与我们无关。我们想，只要我们走进富人的王国没什么困难就行了。"

一位牧师来到即将被正法的犯人跟前，说："我来告诉你一些上帝的话。"

犯人毫不客气地说："我不需要你。再过一会儿，我就要直接见到他老人家了。"

❈ 经理与员工

职员："先生！"

老板："什么事？"

职员："我老婆要我来要求您提拔我。"

老板："好吧！我今晚回家问问我老婆是否能提拔您。"

一个芝加哥推销员从东南地区打电话给他的经理："我被困在这里了。"他说，"我们不巧在台风中心，航班中断，公共汽车和火车停运，公路也被大水冲毁了。我该怎么办？"

"从今天早晨起，开始你的两周休假！"

经理："这样忙，你还打瞌睡？"

办事员："实在是昨夜小孩子哭了一夜，我没睡好。"

经理："那你为什么不把小孩子带来。"

比尔在一家大公司工作，他常常在工作时间去理发店。

一天，比尔正在理发，碰巧遇见了公司经理。他想躲，可经理就坐在他的邻座上，而且已经认出了他。

"好啊，比尔，你竟然在工作时间来理发，这是违反公司规定的。"

"是的，先生，我是在理发。"他镇定自若地承认，"可是你知道，我的头发是在工作时间长的呀。"

经理一听，勃然大怒："不完全是，有些是在你自己的时间里长的。"

"是的，先生，您说得完全正确。"比尔答道，"可我并没有要把头发全部剃掉呀！"

一个店员回家的时候，手里拿着从店里偷的钱，恰被老板发现。

老板："你手里拿的是什么？"

店员："我回家的车钱。"

老板："给我看看。"他一看是二十元，说道："好多的车钱啊！原来你每天要回到几千里外的家中去歇息。"

职员对经理说："都一年了你为什么不给我涨工资？"

经理："当然要涨，条件是你不使我生气。"

职员："我使你生气了吗？"

经理："你这个要求就使我生气了！"

有个职工对一位公司董事长颇反感，他在一次公司职员聚会上，突然问董事长："先生，你刚才那么得意，是不是因为当了公司董事长？"

这位董事长回答道："是的，我得意是因为我当了董事长。这样我就可以实现从前的梦想，亲一亲董事长夫人了。"

"你相信人死后能复活吗？"老板问一位青年职员。

"相信，先生。"

"嘿，你答得不错。"老板继续说，"昨天你请假参加你祖父的葬礼，走后一小时，他来找过你。"

工长见一个烟鬼老是在工作时抽烟，便想了个办法，在墙上写了几个字："工作时不准抽烟！"

谁知这烟鬼依然如故。工长只好当面对他说：

"先生，唉。"他指指墙上。

"看见了，工长。您瞧，我从来都是在抽烟的时候放下工作的。"

经理："顾客反映你们今天又扎堆聊天。"

员工："这不是事实，我们5个一直是站成一排说话的。"

在纽约太平洋食品商场，有一个很能干的店员，他的营业额总是名列前茅。老板十分赏识他，在不到一年的时间，就给他加了4次工资。这就引起了其他店员的不满，他们开始造谣，在老板面前说些诽谤的话，老板决定考察一下这个店员，他对他说："请你向我解释一下，你为什么处理不好与同事之间的关系呢？"

这位店员说："因为我使他们生气了。"

"原因呢？"

"很简单，你看。"

这位店员当着老板和顾客的面称两包糖果。第一包，他舀起一磅多糖果，然后在称的时候拿掉多出来的糖果；第二包，他舀取不到一磅的糖果，然后把它加到一磅。结果那位顾客把钱塞进自动收款机，抓起第二包就走了。

"就这样，"店员说，"我们之间是第一包和第二包的矛盾。"

老板对此大为赏识，不久，又给他加了工资，并提拔了他。

在某个公司里，有一位职员只向经理说他要去看牙医，经理便准他早退了。

但是当天下午，经理在看电视转播的棒球赛时，居然看见那职员和女朋友在观众席上看球赛。

第二天上班时，经理便问他："你昨天说要看牙医，怎么又和女朋友去看棒球了呢？"

他回答说："啊！经理，原来你也在看球赛，但是，坐在我旁边的就是我的牙医啊！"

一个职员向经理递交了一份申请，要请一天假帮助妻子打扫房间。

经理认真地研究了申请，果断地回答说："不行。"

"太谢谢了，经理先生！"职员高兴地喊道，"我就知道您会在困难的时候帮助我的。"

经理对女秘书说："小姐，星期天晚上有空吗？"

"当然有，经理先生！"姑娘乐了。

"那就请您早点睡觉，省得您每个星期一上午上班都迟到！"

主任："我把笔放在哪儿了？"

秘书："它就在你的耳朵上。"

主任："少废话，在哪只耳朵上？！"

新来的秘书把一份电话记录送给了经理。经理看了一遍以后说："你写的是什么，我一点儿也不清楚。"

秘书接上说："电话里说的是什么，我也一点儿不清楚。"

医生与病人

一个中年妇女到医院看病，她为了显示自己年轻，当医生问她年龄的时候，她谎报说："25岁。"

于是医生在病历卡上写道："失去记忆力。"

医生的电话铃响了，一位先生在电话中惊慌地说道：

"喂！喂！大夫，请你赶快到我家来一趟！我的儿子不慎将我的微型钢笔吞下去了！"

"好吧，我就来。"医生对那位万分紧张的父亲说。

"大夫，在你到来之前，我应该怎么办？"

"你可以先用铅笔写字。"

吉姆到牙科医生处拔牙。

"拔一颗牙要多少钱?"

"3 块钱。"

"您可真会赚钱,3 秒钟要赚 3 块钱。"

"如果您愿意的话,我可以用慢动作来给您拔牙,那么就可以拔上半个小时了。"

一个人向医生诉说他肚子疼。

"你今天吃什么啦?"医生问。

"吃了点野果。"

医生从架子上取下一盒药,给病人的眼睛上药。

"你干嘛呀? 医生!"病人大声喊道, "我肚子疼,你为什么治我的眼睛呀?"

医生回答说: "我治你的眼睛,是为了让你下一次能够看清自己吃的东西。"

病人躺在手术台上问大夫:"你还没告诉我这次手术需付多少钱。"

大夫:"这与你无关,我找你将要守寡的妻子结账!"

当医生对一病人检查结束之后,在一旁的护士对病人说: "经过仔细检查,大夫应收 2000 里拉。"

病人说:"这不行。假若如你所说他经过仔细检查的话,那他应当知道我身上只带了 500 里拉!"

患者:"大夫,请问减肥有何良方?"

大夫:"把头从右边转到左边,再从左边转到右边,如此摇头而已。"

患者:"何时这样锻炼?"

大夫:"有人请客之时。"

太太:"大夫,我找你是想知道我到底患什么病?"

大夫："你有三种病，一是肥胖，二是脸上抹粉太多，三是近视。要不然你从这块牌子上会看到我是兽医。"

一个穷汉走进诊室对医生说："您得帮帮我，半个月前我吞下了一枚硬币。"

"我的老天爷！"医生说，"你当时怎么不来？"

"说实话，我当时并不等着这钱用。"穷汉说。

医生瞪着凶狠的眼睛问病人："你感到哪里不舒服？"

"我心里感到难受。"

"有多长时间了？"

"从看见您开始。"

米勒先生去看病，医生在彻底检查完了之后说道："您的健康情况糟透了，您腿里有水，肾里有石头，动脉里有石灰……"

"现在您只要说，我脑袋里有沙子，那么我明天就开始盖房子。"

"大夫，您再给开两帖膏药吧！"

"您不是感冒吗？要膏药干什么？"

"您得有发展的眼光呀，等划完价，交了费，取完药，再去打针，排这么多队，这腰腿还不疼吗？"

吉米发高烧，医生挂上听诊器给他听诊胸部，吉米惊奇地问医生："伯伯，您是在给细菌打电话吗？"

米洛跛着脚艰难地走进医院，对住院处的护士说：

"请你把我安排在三等病房，我是穷光蛋。"

"没有人能帮您的忙吗？"护士问。

"没有！我只有一个姐姐，她是修女，她也很穷。"

护士听后，生气地说："修女富得很，因为她和上帝结婚。"

"好，您就把我安排在一等病房吧，以后把账单寄给我姐夫就行了。"

一位老人告诉医生，说她的腿痛。

"这是上了年纪的缘故。"医生说。

"不对！"老人打断医生的话，"我的另一条腿也是同样的年纪，可它就没有病。"

一个因吝啬出名的农夫请医生替他的妻子看病。

"人家说你十分吝啬。"医生说，"我一定拿得到诊费吗？"

"不管你治好或治死了她，你都可以不必打官司便拿到钱。"农夫说。

医生悉心医治，可是妇人还是死了。医生要农夫付诊费。

"你把她治好了吗？"农夫问。

"没有。"医生承认。

"那么你把她治死了？"

"当然没有！"医生怒气冲冲地说。

"那么，我就不欠你分文。"

医生："在我给您检查身体之前，我想问您一个问题。"

病人："可以。"

医生："请问您喝酒吗？"

病人："如果可以的话，请来一杯伏特加。"

青年女中医给一书生气十足的男青年按脉。

医生问："你心率过速吧？"

"不，很正常。"

"一百二十次了呀！"

"那是看到你以后才开始的。"

大夫碰见了一个老病号，问道："你身体好多了？"

"当然，你给我开的药水，瓶上有说明，我一直照它去做的。"

"很好！很好！是些什么说明呀？"

"瓶盖要拧紧。"

一个水手在脊背上刺了一幅世界地图，有一天，他生病去找医生。

医生关切地问："你哪儿不舒服？"

"在巴西这块地方。"

一个人被狗咬了，他跑到医生那儿。

"为什么你现在才来？难道你不知道现在几点钟了吗？"

"我倒是知道的，大夫！可咬我的那只狗恐怕不知道呀。"

医生："如果你想长寿的话，每次心里想喝酒的时候，不要喝酒，改吃一个苹果。"

病人："吃那么多苹果，我怎么消化得了。"

商家与顾客

顾客："请问那条绿围巾要多少钱？"

售货员："25 元。"

顾客："这么贵啊！都够买上一双好皮鞋的价格了。"

售货员："是的。可是脖子上挂一双皮鞋好看吗？"

一青年到一家首饰店为未婚妻买戒指，以便作为生日礼物送给她。当他看中一闪闪发光的钻石戒指时问售货员："这枚戒指多少钱？"

售货员说："700 美元。"

青年为价格昂贵吃了一惊，吹了一声响响的口哨。然后又看了看另一枚戒指问："这枚多少钱？"

售货员说："三声口哨！"

女人："你们真是奸商，我花了大价钱，买了你们一条黑狐的围巾，不料遇了雨，黑色褪了，变成了赭色。"

皮货店的经理："狐狸精真是厉害，做成了围巾，竟然还能变化！"

"您曾经对我说过，这台收音机可以收到所有的电台。"一位顾客在电器商前抱怨道。

"怎么，你收听不到？"

"收到了，可总是同时收到。"

顾客："这台电视怎么只有图像，没有声音？"

售货员："哦，大概里面演的是哑剧。"

一人挤进人堆中去买西红柿，趁售货员不注意，将两只西红柿偷偷装进自己的衣兜里。不料，被人一挤，西红柿在兜里被挤破了，汁流满兜，渗出布面。

这时，他掏也不是，不掏更难受，又唯恐售货员发现。当他发现售货员盯住他看时，便问：

"你，你看见什么啦？"

售货员说："我什么也没看见，只是看到你很为难。"

顾客："这只表不好，冷天走得太快，热天又走得太慢，一点儿也不准确。"

老板："这正是它的好处，它除了告诉你时间外，还可当温度计用。"

售货员："先生，买顶游泳帽吧！好保护您的头发。"

顾客："笑话！我这几根头发数都数得过来。"

售货员："可戴上游泳帽，别人就数不清您的头发了。"

一位夫人定购了一打鸡蛋，但送给她的只有十只，于是她去找商店的主人。

"我早上不是定了一打鸡蛋吗？"她问。

"是的。"店主回答说。

"但你们只给了我十只。"

"哦，对了，其中有两只是坏的，我们替你扔掉了。"

一个售货员向顾客推销鞋子。他说：

"请拿这一双吧，先生。它的寿命将和您的寿命一样长。"

顾客一听，微笑着回答：

"我不相信我会这么快就死。"

商行给一位误期付款的顾客寄去账单并附一纸条说："此单的年龄为一岁。"

顾客将账单寄回，而且也附一纸条说："生日愉快！"

有位家庭主妇上市买了一大筐很新鲜还带着泥土的胡萝卜，不过泥土太多了一点。出于对农业生产的关心，这位主妇把所有的泥土细心地收集起来，竟装了筐子的四分之一。她返回市场无偿地还给卖主，说：

"我只买下你的胡萝卜，没有买你的土地，而这些泥土远比那些胡萝卜珍贵。要是你连这个也卖掉，到你子孙手里，就没有胡萝卜可卖啦！"

菲律宾某地有个很聪明的小孩。有一次他到瓜田去买瓜，拣了个又大又好的西瓜去问价钱。

"那要 4 角钱。"瓜农说。

"我只有 4 分钱。"孩子说。

"那么，"瓜农指着一个又小又青的瓜说，"那一个瓜卖给你吧！"

"好的，我就要这一个！"孩子说，"不过你现在不忙摘下来，过两个星期我才来拿！"

✿ 士兵与军官

两名士兵站在军官面前。

"少校，"一名士兵说，"请准我 15 天假吧！我要结婚了。"

"我……少校，能不能也准我假？我也要结婚了，只不过我需要 20 天。"另一名士兵说。

"为什么你一定要比他多 5 天呢？"

"少校，这是因为我还没有找到新娘呢。"

北美战争时，一名叫康纳利的中校是爱尔兰人，他在美军中服役。

有一次，在没有别人帮助之下，他独自抓到三名雇佣军俘虏。总司令问他是怎么抓到的？他答道："我把他们包围了。"

在一次作战训练后，团长下连队检查，对一群士兵询问道：
"你们知道挖战壕的用处了吧？说说看。"
"是，长官。"有一士兵回答说，"战壕的用处很多：一般的流弹打不中；坦克冲上来也压不着人；士兵受了伤也当不了逃兵。"

前线炮声隆隆，鏖战正酣。一名士兵觉得太危险了，便开小差逃离战场。他走了好一阵了，忽然一位军官朝他走过来，拦住他问道："你上哪儿去？"
"我想尽可能离激战的地方远一些，长官。"
"你知道我是谁吗？"军官发火了，"我是你们指挥官！"
士兵一听，大惊失色地说："我的天，真没想到我离前方已这么远了！"

为了进行军事演习，一座桥上设了一块牌子，上写："桥被炸毁。"上尉在一座山包上通过望远镜，看到一群步兵仍然毫无顾忌地过了桥，十分生气。他一怒之下，乘着吉普车到桥边，准备狠狠地训斥那些士兵。但是，他吃惊地看到士兵们手中举着一个标语牌，上面写着："我们在游泳！"

✸ 房东与房客

"我没法再忍受下去了！"房客对房东说，"从屋顶不停地在往我的房间里漏水！"
"您还想要怎么样？就凭您付的那一点点房租，难道还想往屋里漏香槟酒不成？"

"你的住宅真的那么潮湿吗，先生？您的话有无夸大其词的地方？"
"您说到哪儿去了！就在今天下午，我还在屋角的鼠洞里找到鱼和蟹了呢！"

房东对欠了几个月租金的房客说："为了表示我的慷慨大度，我把你欠的房租减掉一半好了。"

"好，为了投桃报李，"房客说，"我决定减掉另一半。"

导游与游客

一位钓鱼迷去爱尔兰钓鱼。他在那里租了一间高级客厅，请了一个导游，一共花了1000美元。几天过去了，钓鱼迷只钓到一条小鱼。他懊悔地对导游说："花费了1000美元，只钓到一条小鱼，太不值得了。"导游听了回答道："先生，你真幸运！一条鱼1000美元，要是钓到两条，不就更倒霉了吗?"

琼喜欢爬山，他在瑞典度假期间，爬了好几座山，但他决定还要去爬一座更陡峭的山。他叫了个当地的导游。爬了一程，导游回头对琼说："当心了，这儿容易跌跤，一摔就会掉到万丈深沟里去，不过——"他继续平静地说，"如果你真的跌跤了，下落的时候，不要忘了朝右边看，你会欣赏到这儿看不到的奇异的景色。"

有个导游员，是个吹牛大王。不管他对英国人和美国人讲到什么，他都不会忘记提起他的父亲。

"女士们，先生们！你们现在看到的这个文化宫是我爸爸主持建造的。"

"这是工会的办公大楼。附带说一句，这幢大楼是我父亲设计的。"

来到死海边，导游喊道："女士们，先生们！我们来到死海边了。这死海……"

"我们已经知道了，"一个游客打断他的话说，"它是你父亲杀死的！"

听众与演讲者

理论家作长篇报告，将要结束时，又客套了一番，说："以上，我想只不过是大体上说了一点，如果有什么不明白的地方请提出来，我乐于回答任何问题。"

听众中有人提问道："请问，现在几点钟了?"

一位演讲家下巴缠着绷带走上了讲台，讲演完毕，特意解释：在刮胡子的时候，由于集中精力于讲稿，以至于把自己的下巴刮了一道口子。

有位听众议论说："真糟糕，他真该集中精力刮胡子而把讲稿削短点啊！"

演说者："我只有十分钟的发言时间，我真不知道该从何处开始。"

听众："从第九分钟开始吧！"

在一个有一群数学家参加的集会上，一位数学家开始解释爱因斯坦的相对论。过了半小时，一个人对他说：

"你比爱因斯坦还伟大。因为据说只有几位学者能听懂他的话。而你，则没有一个人能听懂！"

一个长舌根的演说者说道："今天我或许要讲得长久些，因为我没带表，这里又没有钟。"

一个听众："喂！先生，你的后面有一本日历在那里呀！"

✤ 选民与竞选人

在竞选大会上，当竞选人大声许诺的时候，一个小孩子哭了起来。小孩子的母亲刚想把他带出会场，竞选者突然停止演讲，对这位母亲说："女士，您不必把孩子带出去，他的哭声是决不会打扰我的。"

"我知道，先生。"女士说，"可您的喊叫声打扰了我的孩子！"

在市议会选举期间，一个参加竞选的政客向食品商问道："我可以指望你的支持吗？"

"啊，很对不起，"食品商回答，"我已经答应支持别的候选人了。"

"嗳，这好办。"政客笑道，"在政治上'答应'和'实行'是两回事。"

"那么，先生，我很高兴地答应你。"

一位议员候选人问他选区中的一个乡长乡民对他的印象如何。乡长说："百分之九十八的人是站在你一边的。"当这位候选人去访问那个乡时，发现乡民们对他的到来很冷淡，他就问乡长那是怎么回事。

乡长说："这些迎接的人正是那反对你的百分之二，他们是支持你的对手的！"

候选人问："那百分之九十八支持我的人到哪里去了？"

乡长想了想，说："他们一定是在准备更冷淡地接待你的对手！"

法官与被告

在交通法庭上，有一位车主为了减轻法庭对他的处罚，辩解着说，他曾经问过一位警察，是否可以在那个地方停放汽车，那位警察说那是可以的。

法官仔细地听完了这位车主的辩解之后，说："这么办吧，下次您看到那位警察的时候，您就对他说，他欠了您 50 英镑。"

别佳因骂别人是猪而受到传讯。结果法院判决罚他 70 卢布。

"这太不公平了！"别佳委屈地大叫起来，"我上次骂人家是猪，只罚了 30 卢布！"

法官振振有词地喝道："你不知道猪肉早就涨价了吗？"

法官指着作案凶器问被告："你见过这支枪吗？"

被告答："没有，先生。"

法官连问了几遍，被告都坚持说没见过，于是，第二天法官接着审讯：

"被告，你见过这支枪吗？"

"是的，先生，我见过。"

"什么时候？"

"昨天在法庭上。"

法官对被告说："你的良心一定和你的头发一样黑，才会犯这样的罪。"

被告："法官大人，请容许我说一句话，戴假发的法官没有资格打这样的比喻。"

法官："你为什么偷走了这男子商店里的一双鞋？"

被告："先生，是饥饿迫使我偷的。"

法官："什么时候？"

被告："早上空腹的时候。"

大法官："你偷了一辈子的东西，没有一元钱是光明磊落地挣来的！"

被告："不，有一元钱例外。上次选举，我投了您一票，得了一元钱。"

法官："谁是你的犯罪同伙？"

被告："先生，我是一个人干的。因为这些日子我谁也不信！"

法官："你就要被枪决了，有什么最后的愿望？"

犯人："我希望穿上一件防弹背心。"

法官严肃地问道："被告！你为什么向那位先生掷两个酒杯？"

"因为第一个酒杯没打中他，法官先生。"

一个小偷偷了首饰，他在法庭上耷拉着脑袋。

法官问他："你为什么偷戒指？"

他答道："我的法官先生，戒指上明明刻着'勿错良机'！于是我就……"

法官用棍子指着小偷对听众说："你们瞧，这棍子的一端有一个世界上最大的小偷！"

小偷接着问法官："先生，是哪一端？"

❋ 法官与证人

法官："证人，在你作证之前，我提醒你：在法律面前，你只能讲你亲眼看见的事情，不要讲从别人那儿听到的事，明白吗？"

证人："明白了！法官先生。"

法官："我有几个问题要问你。请你先告诉我。你是何时何地出生的？"

证人："天哪！我尊敬的法官，我无法回答您，因为这是我母亲告诉我的。"

开庭之前，法官对证人说："你知道宣誓之后应该怎么做吗？"
证人答道："我知道，一旦宣誓之后，不论我说的是真的还是假的，都应该坚持到底。"

律师与委托人

玛丽走进律师事务所说："我想了解一下，我是否具有离婚的基本条件。"
律师问："你结婚了吗？"
玛丽："当然结婚了。"
律师："你已具备了离婚的基本条件。"

律师："我这里规定，回答两个问题，收费100元。"
委托人："你不认为这样收费太贵了吗？"
律师："不，不贵。好，请提第二问题。"

一女士对律师说："因为你的出色辩护使我胜诉了，我如何表示对你的感激呢！"
律师立刻说："自从腓尼基人把钱财当做交往手段以来，太太，这个问题就不再有别的答案了。"

一位律师为送给他一份丰厚贿赂的罪犯辩护成功，罪犯被宣布无罪释放。在律师和罪犯最后一次见面时，律师问：
"你已经获得释放了。现在你告诉我实话，你是否真正犯了罪？"
"律师先生，当我在法庭上听到你为我所作的辩护时，我就确信我是无辜的了。"

✹ 警察与市民

有一天晚上，有位女士走进了警署，对一位警察说："先生，一个月前我丈夫离家去买一桶豌豆罐头，从那天起，再没回来。你说我该怎么办呢？"

警察冷冷地回答："夫人，我也不知道，我想你可以煎一点土豆。"

一个丑老婆到了警署，她喊道："警官先生，你想想看……上个月他就想杀掉我。"

警官："谁想杀掉你？"

她回答："警官阁下，是我丈夫。"

警官："真奇怪，你能解释为什么他拖到现在还没有动手吗？"

公路上有一位游客驾车疾驰，被警察挡住了。

"我开得太快了吗？"他语带歉意地问。

"不，"警察说，"你飞得太低了。"

一个妇女驾车超速行驶，越过了巡警的摩托车。巡警穷追不舍，终于把轿车截住了。巡警表情严肃地拿出小本子，宣布罚款："你在我身边一闪而过，我想，至少该60。"

"天哪！"妇女耸耸肩说，"我有那么老吗！"

在伦敦地铁某车站，有个长发披肩的小伙子在弹吉他。一位警察走过来对他说："这儿不许弹琴，请跟我走一趟吧！"

小伙子说："很好，您准备唱什么？"

✹ 警察与罪犯

警察："你为什么要抢别人的东西？"

抢劫犯："怎么能说是抢呢？先生，我不过是来不及和人家商量，就把东西拿去用了。"

警察："你的胆子真不小，公然在大白天……"

抢劫犯："先生，我的工作从来是不分白天黑夜的。"

乔治·加杜达在街口被警察围住，在搏斗中，他掏出手枪，打死了一名警察。警察局长在审讯他的时候，痛斥他说：

"你知道你打死的是谁？是一个家庭的父亲！"

"下一次，"加杜达回答，"请你派一个光棍来抓我。"

警长："上次我曾对你说，以后须要洗心革面。今天怎么又来了？"

罪犯："我曾把这话对这位警察先生说过，无奈他一定要拉我到这里来。"

在拥挤的公共汽车上，一个男子发觉有人在偷他的钱包，他指着口袋里的工作证对小偷说：

"麻烦你，顺便把这个也拿出来吧。"

"为什么？"

"因为我是警察。"

在蒙特卡洛作案的老扒手卡鲁，被一个老练的警察逮捕了。

警察叫卡鲁交出 100 法郎的罚款，可他身上只有 90 法郎。

"先生，就请减免 10 法郎吧。"

"不行，这是规定！必须交齐 100 法郎，这样吧，卡鲁，我释放你一小时。"

"哦，那么……"

"挣到 10 法郎，再回到这儿来。"

警察与司机

一个驾车人超速行车，警察将他拦住，并问道：

"您为什么把车开得这么快？"

"我车上的刹车装置坏了，所以我必须尽可能快地赶回去，免得发生什么意外。"

司机对指出他违章超速行车的警察说：

"警察，这回就让我过去吧，我们生活在这个行星上，它以每小时 1600千米的速度自转的同时，还以每小时 108000 千米的速度绕着太阳转，而且太阳还以每小时上百万千米的速度绕着银河转。你怎么好因我在限速 50 千米的区域内每小时行驶 55 千米而给我一张罚款条呢？"

十字路口，一辆汽车急速地闯红灯。交通警察命令汽车停下，警察问司机："难道你没看见红灯吗？"

"不，我只是没看见您！"司机说。

❋ 编辑与作者

作者："编辑先生，我上次送给您审阅的文章，您看过了？"

编辑："看过了，不过，我认为您应当把它寄到《读者文摘》编辑部去。"

在某文艺杂志编辑部，一个推销自己手稿的青年说：

"总编辑，请一定刊载我这篇作品！这是我倾注了全部才能和心血的作品，得普通奖项自不必说，就连得诺贝尔文学奖也并非梦想，它可是本世纪的杰作啊！"

"的确！想必是一篇出色的幻想小说吧。"

某杂志编辑收到一封来信："亲爱的编辑：咱俩签个合同，你刊登我的稿子，稿费一人一半，好吗？"

编辑回信写道："你的意见很好。不过钱由你出，每行 5 元，你可以把稿子和钱同时寄来，我让它登在广告栏里。"

法国一家出版社的总编有一天收到一位年轻女小说家的来稿，连同小说原稿寄来的还有一大盒杏仁糖。看完了稿件，总编给他回了一封信：

"你的杏仁糖很可口，我们收下了；可是你的小说太糟糕，我们不能收。以后只寄杏仁糖就可以了。"

作者："编辑先生，作者关心的是内容，只有油漆匠才关心外表。如果你认为我的原稿纸张肮脏，字迹潦草，难以排印，可以请人重新抄一遍。"

编辑："作者先生，编辑首先看到的是外表，然后才有可能体会内容。如果你认为外表美观的稿件难以书写，可以寄空白稿纸来，我们将请无论什么人在上面书写内容。"

有个姑娘到某杂志总编辑办公室去。她对总编说："我有个笑话要投稿，请你们在杂志上发表。"

总编看过稿子后说："小姐，笑话有点冷。"

姑娘马上说："没关系，你们就在夏天发表吧！"

编辑："您的稿子我们看过了，总的印象是艺术上远不够成熟，显得要幼稚些。"

作者："那你们就当做儿童文学发表吧！"

编辑写了一篇文章，交给主编之前，他让一位同事看看，听听他的意见。同事读过后，感觉写得很差劲，就在下面写上了："无聊。"

文章的作者看到这个词，就喊道："我跟你说让你看看，没有要求你签字嘛！"

甲："前天我看到一篇来稿，写稿人很谦虚。"

乙："他信上怎么说？"

甲："欢迎编辑先生大删、大改，只要三个字不改就行。"

乙："哪三字？"

甲："他的名字。"

编辑与读者

有个政治家向一家知名报社挂电话找主编，对他说："我听说你们的报纸登了关于我的报道，攻击我反复无常，两面三刀。"

主编："绝无此事。"

政治家："我还听说你们发表了一篇文章，诬蔑我有偷窃行为，诡计多端。"

主编："没有，我们绝未发表过这类文章。"

政治家："但是，那是谁发表的？"

主编："你问别人去好了，这些老掉牙的消息，我们是不会发表的。"

在一个报馆里。

来访者："你们登了我的死讯，要负责刊登更正启事。"

编辑："对不起，这不可能。"

来访者："为什么？"

编辑："我们不能刊登自相矛盾的消息。不过，我可以另外想个办法。"

来访者："什么办法。"

编辑："我们可以在明天的《出生栏》里，刊登你出世的消息，让你重新做人。"

一杂志编辑收到一位苏格兰人来的信，信中说："编辑先生，如果你们发表关于苏格兰人吝啬的笑话，我就不得不停止借阅你们的杂志了！"

评论者与被评论者

一位年轻的剧作家对批评他近作的剧本评论家不满意地说：

"亲爱的评论家先生，其实您根本不了解我的剧本是好还是坏。因为在演出的时候，您睡着了。这是我亲眼所见的。"

"亲爱的作家先生，有时睡觉也是一种意见啊！"

剧评家对导演说："你导演的这出戏太嘈杂了，枪声似乎太多。"

"的确如此，可这是战争剧呀！"导演提醒评论家。

"有道理，那些枪声可以一次次把观众唤醒。"

某批评家对一名悲剧演员说："我认识一个人，他说他只要能看您一眼，他就付给您一百万元，他这话是当真的！"

演员受宠若惊地问道："真有这事？"

批评家说："当然是真的，因为他双目失明。"

有一次，一位画家在咖啡馆里遇到了一位著名的批评家，这位批评家曾经不客气地批评过画家的一幅作品。

画家对批评家说："要想公正地评论一幅画，批评家本人必须会画画才成。"

"我亲爱的艺术家，"批评家回答说，"我有生以来就没下过一个蛋，可是，请您相信我，我比任何一只母鸡都更能品尝出炒鸡蛋是什么滋味。"

评论员："我觉得影片的结尾不够有力。"

导演："没关系。观众没等影片结束就会走的。"

❈ 观众与导演

导演："您觉得我拍的这部侦破片怎样？"

观众："看起来平淡无奇，听上去扣人心弦。"

导演："什么？听上去……"

观众："那呜哇呜哇大叫的警笛声，不是能扣人心弦吗？"

老者："导演，请把您这部电视连续剧的内容压缩一下吧。"

导演："为什么？"

老者："我岁数大了，担心看不到故事的结局。"

观众："您拍这部影片，我怎么也看不懂。"

导演："看过几遍?"

观众："一遍。"

导演："看七遍再说。"

观众："啊? 要是还不懂呢?"

导演："看八遍!"

❋ 导演与演员

导演："你应该从这个悬崖上跳下去。"

演员："要是我受伤或跌死了怎么办?"

导演："那也没关系,因为这是影片中的最后一幕了。"

演员："怎样表现一个人在思考?"

导演："一支接一支地抽烟。"

演员："思考的时间已经很长了……"

导演："特写——一堆烟屁股。"

演员："……终于下决心了。"

导演："特写——一只有力的手猛地捻灭香烟。"

演员："他内心十分激动……"

导演："掏出烟来,可是双手颤抖,几次划不着火柴,抽不成烟了。"

演员："他有说不出的高兴……"

导演："赶快给在场的人每人发一支好烟!"

导演："你排演这个角色时,为什么一点不显悲痛?"

女演员："因为我已经是第七次演癌症患者了。"

导演："你究竟是适合拍电影还是演话剧,由你自己决定吧。"

演员："我内心也很矛盾。在银幕上出现,我可以看不到观众的不满情绪;演话剧,戏演完就什么痕迹也留不下来。"

演员与观众

有一次，施纳贝尔举行了一次演奏会，全场静悄悄的，只听得他手下滑出的旋律在场内流动。但不久，他发现坐在前排的一个年老的太太睡着了。一直到一曲奏完，雷鸣般的掌声才将她猛然惊醒。

等掌声停下来时，他探身向她道歉说："这欢呼声吵醒了您，太太。我已经尽可能地弹轻了。"

乐队指挥与演员

管弦乐队正在排练。

指挥突然停下，大声说："注意，第二小号手发音不准。"

队员们说："第二小号手根本就没在场。"指挥说，"好吧，那就等他到场后再告诉他。"

一个年轻又野心勃勃的指挥家在预演时，十分不满意乐队的演奏，因此时时停下来一个个去纠正。有个管乐乐师终于沉不住气了，便对指挥大喊：

"你如果还这样啰唆个不停，我们今天晚上就照你的指示来演奏喽！"

画家与模特

一天，一个年轻漂亮的女士去见一位著名画家，她说："我想让你为我画一张肖像，这要多少钱？"

"500镑。"画家说。

"噢！"她很吃惊，"这是个大数目呀。"她思忖，自己有个非常迷人的身体，如果不穿衣服让他画，没准画家由于乐意画她而少收许多。

"如果不穿衣服画要多少钱？"她问。

画家想了一会儿，"1000镑！"他说，"但是我必须穿双袜子以免着凉，并且要背个袋子放画具。"

一个女人雇了一位画家为她画像。
"画像会很美吗?"她问。
"当然,"画家说,"您不会认出是您自己的。"

✳ 教练与运动员

某运动员投篮,连投 5 球未进。教练道:"瞧我的,笨蛋!"他也投 5 球,仍未进。"看见了吗?你刚才就是这样投的!"

第二个回合之后,拳击教练问他的运动员:"这是干什么?你到底是想拿金牌还是想得诺贝尔和平奖?"

运动员:"我总把球踢得偏离球门,这是为什么?"
教练:"这是因为你照着门踢了。如果你往别处踢,就有可能进门了。"

教练向队员下命令:
"向左转!向右转!向后转!齐步走!⋯⋯"
一个运动员耸耸肩膀离开了队伍。
"你到哪去?"教练问:
"我已受够了!你自己也不知道你要做什么,几分钟内你的主意就变了 10 多次。"

✳ 朋友之间

两位百万富翁交情颇深,形影不离。看到可心的东西,总是一式两份,轮流付款,从无二话。
这天,两人来到咖啡店,叫了一式两份的冷饮。喝罢,一位百万富翁慷慨解囊,交了 10 个先令,两人高高兴兴地走了。

他们来到汽车展销会，被一种最新问世的汽车吸引住了。两人都要买一部，可是汽车价格昂贵，如何来付款呢？两人都迟疑起来了。最后那位刚刚付过咖啡款的百万富翁打破了沉默，说：

"老兄，咱俩每次出游，总是轮流付款的，我刚刚交了两份咖啡钱，你看……"

甲乙两人在池畔散步。

甲说道："朋友应该危难相救，否则不是真朋友。"

乙道："此语不错。"说完乙就把甲一推，甲落在池里，正再去拉他起来。

甲道："你为什么这样恶作剧，几乎把我溺死？"

乙道："这是好朋友。倘使你不落到池中，叫我怎样表示危难相救呢？"

"哟，杰克，我还以为你死了呢！"

"你凭什么这么想呢？"

"今天早上我听到一个人说了你的好话。"

一位外省人来到巴黎访问他的朋友，朋友非常热情地接待了他。几天过去了，外省人还不肯走。朋友有些不耐烦了，问他道：

"您不想念尊夫人和孩子吧？他们在家多无聊啊！"

"你说得对。"外省人说，"明天我就给他们写信，叫他们也来这儿。"

"您好！好久不见了。我最近倒霉破产了。自从我破产以来，我的朋友有一半都不同我来往了。"

"那不是很好嘛，您至少还有另一半真正的朋友。"

"好是好，只是剩下的那些朋友还不知道我已破产了。"

两个猎人去野外打猎，忽然看见一只大熊朝他冲来。一个猎人迅速地爬到一棵大树上，另一个慢了一步，来不及上树，便灵机一动，躺下装死。爬到树上的猎人不但没有帮助他的朋友爬上树来，而且还不敢对熊开枪。

大熊走到躺在地上装死的猎人身旁，一边嗅他的身体，一边不断地发出低沉的咕哝声，最后它蹒跚地走开了。

树上的猎人走下来问他的朋友，大熊刚才对他说了些什么。

装死的猎人说："它说，以后千万要找一个真正的朋友一起打猎。"

卡莱尔跟他朋友爱玛逊好久没见了。这天，两人相遇了，但坐在一起却都一言不发，一坐就是几个小时。

人们看见他们俩只是心情愉快地喷吐着香烟。

最后，两个人不慌不忙地把烟盒塞进衣袋，说了这样告别的话：

"真没有像今晚这样高兴过呀。"

"的确呀，再见。"

"我看你脸色很不好，希姆，你怎么啦？"希姆的朋友问道。

希姆悲伤地摇摇头："我最好的朋友今天早上被火车压死了。"

"啊，我的天，多惨啊！"

"这还不算，他穿着我那套最好的礼服，礼服也给赔进去了。"

有个懒汉在朋友家里借宿。

早晨，朋友替他叠被。懒汉说："反正晚上要睡，现在何必去叠！"饭后，朋友忙着刷碗，懒汉说："反正下顿要吃，现在何必去刷！"晚上，朋友劝他洗脚，懒汉说："反正还是要脏，现在何必要洗！"

第二天，吃饭的时候，朋友只顾自己，不理懒汉，懒汉问："我的饭呢？"朋友说："反正吃了要饿，你何必要吃？"睡觉的时候，朋友同样只管自己，不理懒汉。懒汉问："我睡哪儿？"朋友说："反正迟早要醒，你何必要睡！"懒汉发了急，叫道："不吃不睡，不是要我死吗？"朋友答道："是啊，反正总是要死，你又何必活着？"

"如果你有 10 座城堡，你能给我一座吗？"

"当然可以。"

"如果你有两辆汽车，能给我一辆吗？"

"没问题。"

"真够朋友！那么，如果你有 6 件衬衣，能给我一件吗？"

"这……"

"怎么？不行？为什么呢？"

"因为我真有 6 件衬衣。"

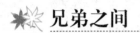 兄弟之间

兄弟俩合买了一双靴子，说好合着穿。靴子买来之后，弟弟天天穿着，竟没哥哥的份。哥哥不甘心，只得穿靴夜行。不久，靴子破了。弟弟对哥哥说："我们再合买一双新的吧？"哥哥苦着脸说："不买了，还是让我夜里睡睡觉吧！"

兄弟二人在门外打架，一教师见了，说："不可打架！你忘了么？你要爱你的敌人。"

兄："这不是我的敌人，是我弟弟。"

兄弟俩分家。在众人的帮助下，分得还算蛮公道。可是哥哥还不满意，非要拉弟弟去称一下体重不可。两人一过秤，弟弟重了5斤。

老大说："你比我重5斤，这是我们大家的血汗养胖的。对不起，二一添作五，你得割两斤半猪肉给我！"

老师："迈克，如果你哥哥有5个苹果，你从他那拿走4个，那么结果是什么？"

迈克："他会揍我一顿。"

有两兄弟在挖土时，挖到了一块金子。哥哥对弟弟说：

"好弟弟，我看是这样分为好，这块土才挖到三分之一，就挖出了一块金子，我就吃点亏吧，这块金子归我，那三分之二的土里挖出来的金子就全部归你了。"

邻里之间

邻居甲："你每天夜里拉小提琴，吵得邻里没法睡觉！"

邻居乙："对不起。以前我拉的是'狂想曲'。那好，我从今天晚上起就

改拉'催眠曲'。"

一天,有个人敲开了邻居的门:"请您把您的收录机借给我用一晚上好吗?"

"怎么,您也喜欢晚间特别节目吗?"

"不,我只是想今天夜里安安静静地睡上一觉!"

学者竹山是个爱静的人。可是很不幸,他住所的右边是家桶铺,左边是家铁铺,每天从早到晚"咚咚"、"锵锵"地敲个不停,他发愁地叹道:

"闹得我简直没法工作,要是这两家肯搬走,我要请他们大吃一顿,以表示庆祝!"

有一天,两位老板一齐来拜访竹山,说:

"我们两家要同时搬家,您说过要请客,就请我们吃一顿吧!"

竹山大喜,忙问:"几时搬?"

回答是:"明天。"

竹山更是喜不自胜,当晚就把三家的人集合在一起,热热闹闹地饮酒唱歌。宴席将要散时,竹山问道:

"二位将搬往何处?"

两人同声答道:"我搬到他家,他搬到我家。"

"你的狗昨夜吠了一晚上,这肯定是个死亡的预兆。"

"真的,谁要死了?"

"当然是你的狗啦,如果今晚它再吠个没完的话。"

邻居家屡次叫小孩来我家借醋,昨天又来了:"我家今天吃螃蟹,借点醋好吗?"

于是,爸爸吩咐小弟弟到邻家去借东西:"今天我家要吃醋,请借几只螃蟹好吗?"

调音师:"早晨好,先生,我来给您调钢琴。"

史密斯:"可我并没请您来!"

调音师:"我知道,先生,是您的邻居请我来的。"

甲住在乙楼下，乙每晚都回来得很晚，然后脱鞋，先扔一只，然后过几分钟后，才扔下第二只，因此搅得甲不得安生，神经紧张得睡不着觉。

有一天，甲对乙说："邻居，希望你夜间回来时脱鞋轻点，因为你太打搅人休息了。"

乙答应了。

第二天，乙像往常一样，回来扔下第一只鞋，一下子想起他对邻居的许诺，就把第二只鞋轻轻地放下。半小时后，他听到敲门声，便开了门，发现是他的邻居甲，甲对他说："希望你脱下另一只鞋吧，因为我要睡觉了。"

甲："很对不起，前些天我的鸡槽踢了你的院子。"

乙："别客气，前天我的狗把你的鸡咬死了。"

甲："还是请你接受我的歉意吧，因为刚才我的汽车把你的狗压死了。"

有个人对他的邻居讲："嗨，哥们，你能不能解决一下你的狗的问题？它昨天整个晚上吠个不停，弄得我老婆没法听钢琴演奏。"

狗的主人答道："对不起，哥们，是谁先开的头呢？"

❊ 陌生人之间

一天，达利见到一位从未见过的陌生人。达利像对待老朋友一样和他攀谈起来。当陌生人准备告辞时，达利说：

"对不起，先生。我还不知道阁下的尊姓大名呢！"

陌生人说："那你怎么像老熟人一样，一见面就毫不拘束地和我谈话？"

达利答道："我看你的头巾和衣服与我穿戴得完全一样，我把你当成我了。"

❊ 仇人之间

仇人相见，分外眼红。

甲："我要到法院控告你！"

乙："奉陪。"

甲："我要把你告到最高法院！"

乙："奉陪。"

甲："我到阎王殿都要告你！"

乙："我请律师出庭。"

在希特勒的德国，一个犹太人从一个纳粹官员身边擦肩而过，使得他失去平衡。纳粹官员叫道："蠢猪。"

犹太人不慌不忙地接过话茬说：

"你好，很高兴见到你。"

❋ 神职人员之间

教皇问利奥为什么不担任圣职。他说："因为我想保留这样的权利，愿意结婚的时候就结婚。"

教皇又问他为什么不结婚。他说："因为我想保留这样的权利，愿意担任圣职的时候就担任圣职。"

红衣大主教见新来的随从牧师出门总是带着一根打狗棍，便责备他说："教会人士手里拿着棍棒成何体统？"

牧师说："尊敬的主教，我的棍子从不伤人。我是用它来防狗的，这个国家的狗太喜欢攻击教会人士了。"

主教说："我告诉你一个秘诀，你只要对狗念几句福音书，它就不咬人了。"

牧师回答说："您说得对，阁下，可是万一有的狗不懂拉丁文呢？"

❋ 国家之间

一小国与临邦大国矛盾日深，小国大使和大国巨头交涉时，大使以战争相威胁，他一本正经地说："我国有坦克50辆，战机百架。"

那巨头哈哈大笑说："我们比你们多100倍。"

小国大使不以为然地说他们有军队1.5万人。当巨头说他们要比小国多100倍时，小国大使表情凝重地说："这样的话，我需向政府请示。"

第二天，小国提出妥协。

"为什么?"大国巨头问。

"我们国家太小，容纳不了150万战俘。"

商店之间

在伦敦的同一条街上，住着三个裁缝。

一天，一个裁缝在他的橱窗里挂出了一块招牌，上面写着："伦敦最好的裁缝。"

另一个看到了，在同一天也挂出了一块招牌。招牌上用大写字母写着："英国最好的裁缝。"

第三个裁缝看了后，思考了很久。几天之后，他也挂出一块招牌，上面写着："本街最好的裁缝。"

作　家

据说有一位小说家著书速度很快，几小时就可以写一部。一天，电话铃响了，打电话的是他的一位朋友，接电话的佣人说："我不能打扰先生，因为他刚开始写一本新小说。"

"没关系，我等着他写完。"朋友说。

波尔森在研究古希腊文学方面造诣精深，成为学术界的权威。

有一位对这方面感兴趣的年轻学者曾鲁莽地建议和波尔森合作研究。波尔森耐心地听完了他的分析，对他的不自量力和狂妄很不满意，便对他说："你的建议极有价值，把我所知道的和你所不知道的加在一起，那将是一部巨著。"

一位作家收到一封来信，上面写道："我丈夫长期患有失眠症，吃什么药都不管用。可是我昨天买了你最近写的一本书，他没看完一章就睡着了。我真感谢你，请你再写一本。"

易卜拉欣·马兹尼送给朋友一本新作，这位朋友一见到他便为还没拜读表示歉意。一天，马兹尼问朋友："你昨天在尼罗河游泳了吗?"
"怎么说呢?"朋友不解地问。
"我在河里发现了我送给你的作品!"

✤ 诗　人

艾尔弗雷德因为有点诗才而闻名。一天，他给一些朋友朗诵自己的一首诗，颇受大家赞赏。
但有一个叫查尔斯的说："艾尔弗雷德的诗我非常感兴趣——不过，这首诗是从一本书中窃来的。"
这话传到了艾尔弗雷德耳朵里，他非常生气，要求对方赔礼道歉。
查尔斯于是说："我承认这一次是说错了。本来，我以为你的诗是从那本书里窃来的，但我又查了一下，发现那首诗仍然在那里。"

有一次，年轻的诗人罗伯特·索锡向英国著名学者波尔森请教对自己作品有什么看法。
"你的作品肯定会有人读的，"波尔森恳切地告诉索锡，"在莎士比亚和弥尔顿被人忘却以后——只要等到那时就行了。"

✤ 画　家

一画家在苏格兰高地写生写了两星期，临别时，他租住的那家农舍的主人拒绝接受房钱，只不过表示想要一张画家的水彩画。那农夫耸耸肩膀说："钱算什么? 一星期之后便会花光了，但你的画却总是在这里的。"
画家受宠若惊，不断表示说农夫太看得起他了。

但那农夫笑笑说："噢，不是那样，我有个打定主意要学画的儿子。我希望他看过你的画之后，就不再有这种傻念头了！"

画家打算把自己的一幅画卖给经销画布的商人。出乎意料，商人竟马上同意了，出价50列弗。

"50列弗？"画家生气了，"我从你这儿买这块画布就花了150列弗。"

"是的，不过那时候画布可是干净的呀。"商人不动声色地说。

一租客见自己屋里的镜子积满了灰尘，心想该提醒房东打扫一下，因为他已交了清洁费。上班前，他用手指在布满灰尘的镜子上画了幅漫画。下班回来一看，漫画依旧，只是画的下面被房东添了两个字：好画！

甲："昨天的美展我只看了你画的那幅。"

乙："谢谢。"

甲："别客气，因为别的画前都挤满了人。"

一画家向来访者介绍道："这是我画的我妻子的肖像。"

来访者一看这画难看极了，就诚恳地对他说："希望你们不要生孩子！"

🍁 演唱者

一位青年到著名音乐大师阿卜杜·瓦哈卜面前卖弄他的声音，大师听后坦诚地说："你的嗓子不适合唱歌。"

但是，青年自恃有天赋，说："所有听过我唱歌的人都说我的声音是'天使之声'。"

阿卜杜·瓦哈卜说："也许他们说得对，但在我们这里不合格。来世你与天使一起时会成功的，要有耐心，直到你去天国！"

有一位歌手认为自己唱起来嗓音迷人，悦耳动听，吹嘘说他能把深海中的梭鱼或是海豚引出水面听他唱歌。

有一天，教堂做弥撒，请他来唱赞美歌。他唱歌的时候，看到有一位老妇人跪在地上痛哭流涕。他以为自己美妙的歌声把这位老妇人感动得流下了眼泪。于是他唱完圣歌之后，马上跑下台去，走到这位老太太面前，当着全教堂的人问这位老太太：

"老人家，您为什么哭得这样悲伤？"

他满心想听到的是赞美，谁知老太太答道：

"先生，您唱歌的时候，使我想起了我的驴子。三天之前，我的驴子丢了，我家驴子的叫声和您的歌声一模一样，所以我越想越伤心。天哪！在天的圣父，要是我能找到我的驴子，让它来这里唱歌，那该有多好啊！"

歌唱家："你有没有注意到我洪亮的声音响遍了整个大厅？"

朋友："我看到了。"

歌唱家："笑话！声音都能看到吗？"

朋友："我看到所有的人都在往外走——那准是被你的歌声挤出大厅的。"

妻子："为什么每当我唱歌的时候，你就要上阳台？"

丈夫："因为我想让邻居们知道，我并没有打你。"

一位美国歌唱家在斯卡拉首次演出，他唱的第一个咏叹调获得了热烈的掌声。听众喊道："再来一遍！"于是，他唱了第二遍。而听众又要求他再唱一次，接着他唱了第三遍、第四遍……最后累得筋疲力尽。

他气喘吁吁地问道："我这个咏叹调得唱多少遍呢？"

听众中有人告诉他说："直到你唱准为止！"

❀ 演奏者

著名的大提琴家赫尔绍尔决定利用一下坐火车的时间。他在火车的车厢里把大提琴从琴套里拿出来开始练琴。过道里的列车员走进来说："您拉琴吧，我不打搅您。可别向人家讨钱，这可是违犯规定的。"

妻子不顾丈夫的反对，坚持每天晚上练习钢琴。

不久，她发现每次练琴时，丈夫都爬到屋顶上，就问他什么缘故。

丈夫说："好让邻居知道，练琴的是你，不是我。"

孩子在客厅拉小提琴，父亲在书房读报。小提琴发出的那杀鸡般的声音，弄得小狗也汪汪大叫起来。

父亲恼火了，跳起来骂道："你就找不到一支狗也听不懂的乐曲吗？"

让·比埃尔在他的父母的朋友面前演奏了一段钢琴曲，他父亲笑着问其中一位客人：

"我的儿子弹得不错吧？"

"嗯，他真应该到贝多芬面前去演奏一番。"

"真的吗？"

"是的，因为贝多芬是个聋子。"

乞 丐

有一个懒汉，整天游手好闲，专以乞讨为生。许多人很讨厌他，可又拿他没法。

一天，他到了约翰家里。约翰问他："你要干什么？"

那人答："我是上帝的客人。"

约翰对懒汉说："跟我来！"懒汉跟着约翰走，一直走到教堂的门口。

约翰说："尊敬的上帝的客人，这才是上帝的家。"

一乞丐走向一行人，并悄悄地说："先生，你知道吗？我已经三天没吃东西了。"

行人说："你真伟大，但愿我也有你这样的毅力。"

乞丐："先生，给我一个铜圆吧！"

行人："好！但我没有多余的。"

乞丐："你袋里当当地响，明明有呢！"

行人："我已告诉你，这不是多余的了。"

三、场景幽默

✿ 路　上

一辆汽车撞倒了一个行人。司机说："这不是我的过错，我驾车一向很小心。我已开了 5 年车了。"

"什么？这样说是我的过错了？再说你开了 5 年车有什么稀罕？要知道，我已经走了 55 年的路了。"

一位刚学会骑自行车的姑娘，因有急事飞驶在郊外的大马路上。这时，她发现前面有个老人在路边漫步。她心里很慌乱，便从背后大声叫道：

"老大爷，站一下，请站住别动！"

老人随即站住，没有回头，只等姑娘过去。但不幸得很，姑娘还是三歪两歪一下子撞在老人身上，老人摔倒了。

老人爬起来说："我说你让我站下干什么，原来你是要瞄准呀！"

一个骑自行车的人撞倒了一个行人。

"您的运气真好啊！"撞人的宽慰被撞的。

"你怎么不害臊！难道你没看到，我的腿被你撞伤了么？"

"不管怎么说，您的运气真的不错！今天我休息，我平时是开大卡车的。"

一位妇女站在车水马龙的马路中央喊道："喂，警察先生，去医院怎么走？"

警察："您在那儿再多站一会儿，就会有人送你去医院的。"

"请问，百货公司在哪儿？"一位过路人问亨利。

"过了前面那座桥，再向右走。"

"桥很长吗？"

"20 米。"

过路人谢过亨利后，快步向桥走去。突然，他听到有人从后面追上来喊道："站住！我刚才想起来了，大桥长 40 米，如果你照我告诉你的那样走，走到 20 米处向右拐，你就会掉到河里去！"

一个犹太人在路上行走，看一个农民驾车过来了。他问农民：

"从这到 S 村还有多远？"

"半小时就到了。"

"我可以搭您的车吗？"

"请上车吧！"

他们走了半个小时。犹太人不安了：

"现在离 S 村还有多远？"

"大约要走一小时，或者更多一点。"

"什么！您刚才不是说只要半小时吗？半小时已经过了！"

"我们走的是相反的方向。"

某英格兰人在苏格兰旅行迷了路。他在乡村路上遇见一个小孩，便向小孩问路。小孩说道："给我一角钱，我便告诉你一句实话。"于是英格兰人给他一角钱，等候回答。小孩却说道："我也不知道。"

"请问，去警察署的路怎么走？"一个行人停步问旁人。

"这很简单，你到对面肉店不付钱拿上几块牛排，10 分钟以后你就到了。"

有个戴手表的农民在地里干活，一个青年小商贩从他面前经过，问道："请问，现在几点钟了？"

农民说："按照我们的习惯，对生人不能回答这种问题。"

"为什么？"青年觉得很奇怪。

农民说："如果我告诉你，你一定会感谢我，然后我们要互相介绍，互相认识。认识以后，我可能请你到我家吃晚饭。那时，你会看见我那漂亮的女儿。如果你一见钟情，你必定会为她向我求婚。我呢，必然要拒绝你的请求，因为我不愿把女儿嫁给一个没有戴手表的人，所以……"

艾尔斯去另一个城市看朋友。他独自在街上走时，一个过路人问他："先生，请问今天几号?"

艾尔斯想了想说："我今天刚到此地，还没来得及看本城的日历，请你问当地人吧!"

某人打算进城，路边恰好有辆便车。他问司机说："请问，能在您的汽车里把我的大衣带去吗?"

司机说："当然，可以带。但是，在城里您怎样收到您的大衣呢?"

"噢，我跟它一起去。"

车 站

有位老太太匆忙地赶至车站问道：

"火车开了很久吗?"

"大约 5 分钟前开走的!"

老太婆异常高兴地说：

"还好，我以为迟到很久了。"

马里列本火车站挤满了要回家的旅客。一列又一列的火车不是误点，就是被取消。终于，一位愤怒的旅客对车站职员说："我不明白英国铁路公司干嘛要印时间表?"

车站职员说："我也不知道。不过，要是当真不印时间表的话，你就无法说出火车究竟误点多久了，对吗?"

旅游者："我能赶上 3 点多钟去多伦多的火车吗?"

售票员："那可得看您跑得多快了。它是在 15 分钟以前离站的。"

在一小站上，值班人对旅客说："从我们这里，快车到华沙只需 10 分钟，而旅客到华沙却需要 3 个小时。"

"为什么？"

"快车在这里不停车，旅客只能步行。"

一个冬日，郊区开来的火车到站时又晚了 25 分钟，有位常遇见这种情形的旅客问列车长，这次又是什么缘故。列车长说道：

"碰到下雪，火车总难免误点的。"

"可是今天并没有下雪啊。"旅客说。

"不错，"列车长说道，"可是，根据天气预报今天会下雪的。"

汽车上

在一辆公共汽车上，有一位老太太一直担心着坐过站，所以车子每到一站，她就要问一下司机。后来，当车又到了一个站停下来的时候，老太太用她手里的雨伞捅了捅司机的肋骨，并且焦急地问："这里是储备银行吗？"

司机冷冷地回答："不，太太。这是我的肋骨。"

一位太太上了电车，车上所有的座位都坐满了。有位先生站起来让座，这位太太一声不吭地坐了下去。这时，那位先生转身问道："太太，您说什么？"

"先生，我什么也没说呀？"

"喔，对不起，太太，我还以为您说'谢谢'了呢！"

汽车上，一个刚挤上车的乘客对售票员说："我买半张票！"

售票员奇怪地问："怎么买半张票？"

那乘客指了指自己被夹在门外的身子说："我有半个人还在外面。"

一个男孩乘公共汽车去伦敦西区。他拿出两个便士递给售票员。售票员说："要是你超过了 14 岁，就不能用两便士乘车了。"

男孩说："我知道，老兄。我才 13 岁呢。"

售票员问："是吗？那你什么时候满 14 岁呢？"

男孩回答："下车的时候。"

在一列快速行进的地铁车厢里，某人客气地弯腰对身旁的一位女士说："车厢真黑，请允许我为你找扶手吊带吧！"

不料那位女士冷冰冰地说："我已经有扶手吊带了！"

"那么，请放开我的领带吧。"这个人气喘喘地说。

一个细雨绵绵的早晨，一位妇女带着一条狗上了公共汽车，那条狗的脚很脏。

那位妇女说："售票员，假如我为这条狗付车费，它能像其他乘客一样有座位吗？"

那售票员看了狗一眼说："当然可以。不过和其他乘客一样，它不能把脚放在座位上。"

电车上挤满了人，有一个水兵坐在另一个水兵的膝上。车子到了一站，上来一个标致的姑娘，坐在下面的水兵用手拍拍他膝上的水兵的肩膀，说："乔治，快站起来，让座给那位小姐。"

清晨，上班的人都急急忙忙地去赶车，车里挤得满满的，连转个身都不可能。这时，又挤上来个大胖子，他发现自己踩着别人的脚，便大吼道：

"嘿，我踩着谁的脚啦？"

"如果那只脚没穿袜子，就是我的脚！"约翰答道。

乘客："对不起，我想体验无票乘车的心理状态。"

售票员："为什么？"

乘客："以便构思小说呀！"

售票员："那好，现在请你体验一下被罚款的心理状态！"

查票员来了，杰弗逊先生才发觉他的月票忘在家里。他想用俏皮话打发过去："我不是逃票的——你看，我的脸就是车票。"

查票员不肯放过他，答道："朋友，我的职责可是在车票上打孔。"

玛丽和凯瑟琳挤进一辆公共汽车，好不容易才找到落脚之处，为了站得稳些，玛丽顺手就抓住凯瑟琳的手。

过了几站，玛丽回头一看，才看见抓的是一位男士的手，窘极地解释道：

"对不起，我抓错了手。"

男士笑着说："没关系，要我的另一只手吗?"

乡下人利桑第一次进城，看到一辆双层公共汽车在街上行驶，高兴地对朋友说："我好想坐一坐双层巴士。"

"好啊! 不用客气，上去坐吧!"

利桑登上第二层巴士，但立刻又飞快地跑下来。朋友问他为什么，他说："太危险了，上层没有司机。"

一位旅客乘一辆出租汽车出游。半路上他轻拍司机肩膀想问点事。司机竟吓得"哇"地叫了起来。

"喔，对不起，"旅客抱歉地说道，"没想到会吓着您……"

"没关系，小小的误会，"司机答道，"我一向是开灵柩车的，刚改驾驶出租车。"

司机："嫌我开车开得差劲，简直是岂有此理! 我干这一行已经 15 年了，坐车的个个满意，从来没有哪个说过我一句不满的话呢!"

乘客："是吗? 那我太冒昧了。请问你开的是什么车?"

司机："灵柩车。"

✳ 火车上

一位乘务员对一个旅客说："你不能拿这张票乘快车，先生。您必须补票!"

那位乘客说："我不急。请您告诉火车司机，他完全可以开慢点。"

身无分文的拉哈特布劳无票乘车。检票员每次抓住他，便在下一站狠狠地将他踢下车去。

"这次您想乘多远?"同行的人问道。

"如果我的屁股吃得消的话，我要到华沙去。"

火车上，有个青年对坐在他身旁的人说："我进城经常不买车票，根本没事。"

那人说："哦，真的吗？本人是英国铁道公司的检察官，我对你采取的手段很感兴趣。"

"嗯……我——我——我是走路进城的呀。"

在火车上，一个旅客的烟盒突然不见了，他硬说是坐在旁边的一个旅客偷走的。可是，过了一会儿，这个旅客从自己的包里找到了那只烟盒。于是，他很不好意思地向邻座的旅客道歉。

那位旅客冷静地回答说："没有关系，刚才我把你当成一位绅士，而你把我当成了一个小偷。看来，我们俩都错了。"

火车上还有一个座位没人坐，可是，上面放着一只大提箱。一位使用长期车票的乘客对箱子对面的人问道："先生，这箱子是您的吗？"

那人答道："不，那是我朋友的。她刚刚出去买报纸。"

几分钟后，火车开动了。使用长期车票的乘客二话没说，便提起箱子往窗外扔去，然后在空座位上坐了下来。

坐在对面的人大叫起来："你这是干什么？"

扔箱子的乘客微笑着答道："噢，你的朋友没赶上火车，可不能再让她把箱子丢掉啊！"

开往日内瓦的快车上，列车员正在检票。一位先生手忙脚乱地寻找自己的车票，他翻遍所有的衣袋，终于找到了，他自言自语地说："感谢上帝，总算找到了。"

"找不到也不要紧，"旁边一位绅士说，"我到日内瓦去过 20 次都没买车票。"

他的话正巧被站在一旁的列车员听到了，于是列车到达日内瓦车站后，这位绅士被带到了拘留所，受到严厉的审问。

"您说过，您曾 20 次无票乘车来到日内瓦。"

"是的，我说过。"

"那么，您如何向法官解释无票乘车是正当的呢？"

"很简单，我是开汽车来的！"

火车进入隧道，车厢一片黑暗，只听得一声亲吻，接着是一记响亮的耳光。火车开出隧道后，车厢内四个素不相识的人都没吱声，唯有德国军官眼圈发青。

老太婆想："这姑娘人美心灵更美。"

姑娘想："这德国人真奇怪，宁愿亲老太婆却不亲我。"

德国人想："罗马尼亚人真狡猾，他偷着亲嘴，我暗里挨揍。"

罗马尼亚人想："我最聪明，我吻自己的手背，又打了德国人一个耳光，没人发现。"

火车刚到某车站，一个瞌睡的老人惊问旁边的人："这里，是哪里？"

那人答："这里是在火车上。"

由都柏林开往巴利纳斯罗的火车在经过乡村的时候，速度慢得令人难以忍受，而且没完没了地停了一站又一站。当火车又在某站停下来时，一位旅客跳下来对列车员说："你们不能走快些吗？"

列车员说："当然能，只是我不能离开火车罢了。"

火车上，检票员对大家说：

"乘客们，请把票拿出来！"

一位乘客说："先生，我的票刚刚还在，这会儿不知丢到什么地方去了。"

检票员："不对，你这是借口。"

乘客："那什么借口才是对的呢？"

✤ 飞机上

空中小姐用和谐悦耳的声音对旅客说道："把烟灭掉，把安全带系好。"

所有的旅客都按照空中小姐的吩咐做了。过了 5 分钟，空中小姐用比前次还优美的声音又说道：

"再把安全带系紧一点吧，很不幸我们的飞机上忘了带食品。"

飞行员："只要见到那帕里，死也愿意了。你知道这句俗语吗？"

乘客："是有这句俗语的。"

飞行员："下面就是那帕里，现在机器坏了，恐怕不能再飞了。"

在飞往美国的飞机上，一名男子从座位上站了起来，掏出一支手枪，抓住一位空中小姐作为人质。

"把我送到旧金山去。"他命令道。

"先生，"空中小姐说，"我们现在正是飞往旧金山。"

"啊！那好吧！"说着，他重新回到座位上。

飞机起飞时间一拖再拖，两百多名旅客在机场多等了24小时。最后，沮丧的旅客们终于能够登机了。在通过机场的安全检查处时，一位旅客大声嚷道：

"还有什么必要在我们身上找武器吗？要是谁真有的话，他一定早开枪了！"

有个人从未坐过飞机。当他坐进飞机时，他吓得面色苍白。发动机一响，他就紧紧抓住座位扶手，闭上眼睛。过了5分钟，他好像过了一个世纪。等到听不到任何声音之后，他才慢慢地睁开眼睛，鼓起勇气从窗口向外望去。

"真了不起，"他向邻座说，"飞得这么高！您瞧，那些人全像蚂蚁一样！"

"我只能告诉你，"邻座冷冷地说，"它们全是蚂蚁。飞机还没有起飞呢。"

多纳尔第一次坐飞机从柏林到伦敦，女服务员给他递上一块口香糖。

"小姐，这是干什么的？"他问道。

"防止耳膜在飞机上升时鼓胀用的。"女服务员说。

飞机到达伦敦机场后，多纳尔对女服务员说："这真是个好办法，小姐。不过，还得麻烦你一下。"

"什么事？"

"请告诉我，怎样才能把口香糖从耳朵里取出来？"

❋ 剧　场

剧场里正在演出，一位观众站起身来，沿着一排座位走进休息室。几分钟后，当他回来时，他向坐在这一排的第一个观众问道：

"请问，我刚才踩的是您的脚吗？"

"是的。没关系，现在已经不疼了。"

"不，我不是这个意思。我只是想证实一下我是不是坐这一排。"

戏院内，一位愤怒的女士转过身，对几个叽叽喳喳的女青年说：

"我想看戏，你们不反对吧？"

一个女青年回答："那么，你看错方向了！"

剧场里正在演戏。一个中年人后面坐着一对情侣，那两个人不停地说话，因此中年人几乎听不到台上演员的声音了。

"喂，我都听不见了！"中年人忍无可忍，终于掉过头来愤愤地说。

"这是私人谈话，你听什么！"

一个大学生用身上的全部现金买了一张戏票。演出开始后，突然走来一位妇女正好在大学生的前排坐了下来。她穿着非常时髦，头戴一顶又大又漂亮的帽子，把年轻人的视线全部挡住了。

"请您摘下帽子。"他对那妇女说道。可是妇女连头也不回。

"请您摘下帽子。"大学生气冲冲地重复一遍，"为了这个位子，我花了15个卢布，却什么也看不见！"

"为了这顶帽子，我破费了115卢布。我要让所有的人都看到它。"年轻的妇女说。

剧院幕间休息时，丈夫到休息厅喝了一杯啤酒。

妻子："您曾对我发誓，两月之内，滴酒不沾！"

丈夫："宝贝儿，据节目单介绍，第一幕到第二幕之间的时间相隔正好一年。"

✳ 电影院

有一个人去看电影，看一会儿，睡一会儿。

别人问他："这电影怎么样？"

"电影倒是不错，就是情节不连贯！"

三人约好一起去看电影，到了影院售票厅，甲瞧瞧这个，望望那个，说："唉哟！我忘记带钱了。"

乙摸摸口袋："糟糕？我刚换了衣服，钱包没有掏出来。"

丙拿出两毛钱，在两位朋友面前一晃：

"我知道你们准会忘记带钱的，所以我没忘记带，刚够买一张。"

一对夫妇带着 3 个月大的婴儿去看电影。入场时，引座员对他们说："婴儿一哭，就得马上退场。当然，可以退票。"

看到一半时，丈夫转过身来对妻子说："怎么样，好看吗？"

"这电影太没意思了，怎么办？"

"那把小里奇弄哭吧！"丈夫压低嗓门说。

✳ 展览馆

两女士在罗浮宫一幅画前停下，甲说："亲爱的，这幅画表现得怎么这样凄凉？"

乙忙说："你知道，这些人遇到了经济困难，他们很穷。"

甲说："这不可信，他们没钱还请人为他们画油画？！"

在纽约的现代艺术馆里，正在举行一位现代派艺术大师的作品展览。

有两位妇女注视着由鞋带、火车票、金属网、破车胎拼贴起来的展品。其中一位小声问："这是什么意思？"

另一位从容笑道："这很好理解，它是告诫人们不要把什么东西都扔掉。"

一位老太太偶然走进美术馆，看见里面正在展览抽象画。

"那幅画画的是什么？"

"那是画家本人。"

"另外那一幅呢？"

"那是画家的太太。"

"哦，我只希望他们别生孩子好了。"

一位有钱人的妻子，决定用名画来装饰她新建的豪华别墅，于是来到一家著名的画廊。

店员将她引进陈列室。她伸出戴着大钻戒的手指，指着一幅画说："这是伦勃朗的作品！"

"不，是委拉斯凯兹的。"店员殷勤地告诉她。

她又指向另一幅说："这是戈雅的作品吧？"

"不是，是鲁本斯的。"

刚转过陈列室的拐角，她忽然满带自信地惊叹道："呀，这是毕加索的！"

"不，那是一面镜子。"

一位太太正在美术馆里看画展，当她走到一张画着一个衣衫褴褛的流浪汉的油画前时，忍不住激动地说："真想不到啊！他穷得连一件像样的衣服都买不起，却把自己的画像捐献了出来！"

两位朋友参观画展。在一位名画家的一幅自画像前站着许多观赏者，朋友之一长久注视着这一幅画，惊奇地说：

"道尔基！你看他的手插在口袋里，怎么能自己画自己呢？"

🍁 动物园

老李一家人去逛动物园，大家都想看猴子。很不凑巧，由于正值交配季节，猴子都进小屋里去了。

"给它们花生，它们会出来吗？"老李问动物管理员。

"如果是你，你会出来吗？"管理员反问。

在动物园里，一位女士问饲养员："那头河马是公的还是母的？"

饲养员说："太太，我认为，除了另一头河马之外，任何人都不会对这个问题发生兴趣。"

小丁和母亲去逛动物园，到了关狮子的铁笼前面，母亲说：

"不要太靠近了！"

小丁说："妈妈，你放心好了，我不会伤害它的。"

✿ 舞 会

在一次舞会上，一个年轻的小伙子邀请一位漂亮女士跳舞，这女人傲慢地说：

"对不起，我不和孩子一起跳舞，"

小伙子机敏地回敬说："请原谅，我不知道您已经怀孕了。"

在一个慈善舞会上，萧伯纳邀请一位矜持傲慢的女士共舞，在华尔兹舞曲声中，她问：

"萧伯纳先生，你怎么会想到邀请我跳舞呢？"

萧伯纳回答说："这是个慈善舞会，对吗？"

在一个企业俱乐部的舞会上，有一个职员为逗他偶遇的舞伴开心，说："你瞧一瞧那个老傻瓜，他就是我们的经理，我在一生中没有看见过像他这样的白痴。"

"您知道我是谁吗？"女的问。

"还不了解。"

"我就是你们经理的妻子。"

"那你知道我是谁吗？"男的问。

"不知道。"

"啊，这就谢天谢地啦！"

大学举行舞会，一个同学和给他临时安排的舞伴合不来，最后同学请一个朋友溜出去打电话给他。

他听了一阵，愁容满面地挂了电话，对他的舞伴说："对不起，我得送你回家，我祖母刚刚去世。"

"那很好，"舞伴说，"要是你的祖母不去世？我的祖母也会去世。"

他们两人一起从夜总会里往外走的时候，他问她："你是否知道有谁跳舞跳得比我还要糟糕吗？"

她没有回答，于是他又问了一遍。她回答说："你第一次问，我就听见了。可是你总得让我有时间来好好想一想，有谁跳得比你还要糟糕呢?"

舞 台

话剧主角按剧情的规定跳河，当他跳的时候，管效果的人应当在后台及时做出溅水声。一天晚上，管效果的人忘了发出溅水声。主角呼的一声摔倒在地板上，沉寂了片刻之后，只听他长叹一声："我的天，这条河这么早就上冻了!"

宴 会

一人赴宴迟到，匆忙入座后，一看烤肥猪就在面前，大为高兴地说："真好，我坐在肥猪的旁边。"

话刚出口，才发现身旁一位肥胖的女士在怒目瞪着他，于是连忙满脸堆笑地解释："当然我是指烤好的那只。"

某人赴宴，同一席中有一人吃起菜来旁若无人，很快就把菜肴吃光了。某人问他是哪年出生的? 属什么? 他说是属犬的。

某人松了一口气，说："幸亏属犬，要是属虎，怕连我也吃了!"

在一次宴会上，一男子认识了一位姿态文雅的太太。他走近她，跟她闲聊起来。

可是，男子却频繁地中断谈话，去拿喝的和吃的东西，而且总把它们一扫而光。

"卡塔先生，您这样的吃法，会马上传扬出去的。那时，大家都会叫您'大肚汉'的。"

然而，那男子却微笑着说："不，您不必担心。我每次去拿东西的时候，总说是您要的。"

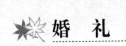 婚　礼

在结婚宴席上，来宾问新郎为什么爱上了新娘。新郎说：
"我不知道，这可能已铸下大错。当初我只是爱上了她的酒窝，因为我贪杯，所以我现在要同她整个人结婚。"

牧师在为一对新婚夫妇主持婚礼时，由于新郎、新娘都蓄着长发，他分辨不出谁是新郎谁是新娘，就笑着对他俩说："请你们当中哪一位吻一下新娘吧！"

婚礼上，司仪宣布："下一项，请新郎讲话。"
当秘书的新郎向大家欠了欠身，咳了两声，说："衷心感谢大家，在百忙之中参加我们的婚礼，这是对我们的极大关怀，极大鼓舞，极大鞭策。由于我们俩是初次结婚，缺乏经验，还有待各位今后对我们帮助、扶持。今天有不到之处，希望大家提出宝贵意见，以便我们下次改进，欢迎再来。"

职业介绍所

一名工人到职业介绍所："我想找份工作，因为我生了 14 个小孩……"
"什么？"介绍所职员诧异地问，"你……你还会做什么别的事？"

商　店

有人要买助听器。
售货员说："我们这里从几角钱一只到上百元一只的都有，你要哪一种？"
那人问这是怎么回事。售货员解释说：
"上百元的助听器可以自动调节音量和音质，几角钱的就是耳塞加根导线。"

"那能起助听作用么？"买主不解地问。

"效果奇佳，"售货员说，"只要你一戴上，所有的人都会朝你大声嚷嚷地讲话。"

一天，有个人来到鱼店用餐，他拣起一条鱼，仔细地看了看，然后放到鼻子跟前闻了闻。

"喂，你那是干什么？"店主问道。

"我在和鱼谈话。"这人答道。

"和鱼谈话？"店主见这人有点奇怪，便打趣地说，"那么你对它说了什么？"

"我向鱼打听海上有什么新闻。"

"那鱼说了些什么？"

"它说它不知道海上最近的消息，因为它有好几个星期没在海里了。"

一个逛商店的中年妇女指着一只奇形怪状的瓶子问：

"先生，您这种美容膏管用吗？"

"管用吗？！"老乔伊很不高兴，他招手叫来一位刚刚雇佣的年轻售货员，说：

"妈，让这位女士看看您的皮肤。"

托米去买面包，他拿出两个便士放在柜台上，说："请给我拿一块面包。"

店员说："孩子，现在一块面包要两个半便士了。"

托米大惊："什么时候涨价的？"

"今天早上。"店员说。

"那就给我拿一块昨天晚上的吧。"

有一位顾客买了一件皮袄。

"这件皮袄我很喜欢，但是它怕水吗？"

"当然不怕啦"，售货员说，"难道您见过打雨伞的兔子吗？"

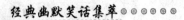

❋ 书 店

在书店里，一顾客对售货员说："我想买本书，里面没有凶杀，没有爱情，没有侦探，没有百万富翁，也没有妙龄女郎。您能为我推荐这样一本书吗？"

售货员想了想说："火车运行时刻表。"

詹姆斯到书店买书，他对店员说："我要买那本《如何在一夜间成为百万富翁》的书。"

店员很快从书架后面拿来两本书，并动手包扎。

詹姆斯说；"先生，我只要一本。"

店员："我知道。但这另一本是《刑事法典》，我们总是把这两本书放在一起出售。"

药剂师走进邻居一个书商的铺子里，从书架上拿下一本书来问道：

"这本书有趣吗？"

"不知道，没读过。"

"你怎么能卖你自己没读过的书呢？"

"难道你能把你药房里的药都尝一遍吗？"

❋ 服装店

在一家专为太太开设的高级西服店里。

"这种料子我穿合适吗？"

"合适！这是专为太太从英国调来的。"

"这种样式配我穿吗？"

"很配！这是专为太太潜心设计的。"

"镜子呢？没有？"

"是啊。为了太太的缘故，本店不备镜子。"

鞋 店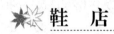

一位顾客正在试鞋。

"这双鞋很不错。"售货员对他说。

"太瘦了!"

"今年皮鞋流行又尖又瘦的。"

"也许是这样。"顾客回答,"但我的脚还是去年那么大。"

顾客在一家鞋店,试穿新鞋。

顾客:"左脚这只太小了。"

店员:"穿几天就松了。"

顾客:"可是右脚这只又太大了。"

店员:"没关系,淋一次雨就缩小了。"

浴 室

一位先生到澡堂去洗澡。侍者瞧不起他,扔给他一条旧毛巾就不管了,那位先生洗完澡,往盘子里丢了一个金币,转身走了。侍者们看他给了这么多钱,个个欢天喜地。

过了一星期,那位先生又到这个澡堂洗澡。这次侍者们对他非常殷勤。那位先生什么话也没说,充分享受着。洗完澡他掏出一个铜板扔在盘子里就要走。侍者见他给的钱太少,就生气地问:"你怎么才给这么点钱?"

先生笑道:"这有什么奇怪的,我这是按质论价。今天我给的是上次洗澡的钱,上次给的是今天洗澡的钱。"

医 院

一人去找心理医生为他治心病,当他来到一考究的诊所时,发现门上的牌子上写着:"如果你有病,请朝右去。如果你没病,请在厅里等候。"

来者有病,便朝右去,又发现一块牌子上写着:"如果你已婚便请进,如果未婚,请入另门。"

来者已婚,且有 10 个孩子,于是推门进去,没走几步又发现第三块牌子上写着:"如果你的月收入在 500 第纳尔以上,即刻可进,如果少于此,请进另门。"

来者是位可怜的职员,便推开另一门,结果发现自己上了人行道!

手术师问助手:"你说这次手术怎么样?我觉得是成功的。"

助手面色苍白喃喃道: "你说这是一次手术吗?我宁愿认为它是一次解剖。"

他得意洋洋地来到医院看望刚刚生产的妻子。在产房门口,凑巧碰到一怀抱婴儿的护士,他立刻上前抚摸孩子,一手爱抚地摸着孩子的脸蛋,一手抓着护士的手,十分激动地说:"感谢上帝!"

护士说:"很遗憾,先生!第一,这不是你的孩子;第二,这是个女孩;第三,希望你放开手!"

手术做完了,病人醒过来睁开了眼睛,用清楚的声调欢庆说:

"感谢上帝,手术很顺利!"

邻床一位病人听了后对他说:

"老弟,不要过分乐观。医生把海棉球忘在我胃里了,我将被第二次打开腹腔。"

与此同时,躺在左首一张床上的病人痛苦地说:

"我也是这样,将要第二次开刀。外科大夫把手术刀忘在我肚子里了。"

正在这时,门开了。刚给前一个病人做了手术的大夫探头进来问道:"你们有谁见了我的帽子?"

可怜的病人又昏了过去。

大夫:"我给了这位太太两次麻醉。"

同事:"两次?那是为什么?"

大夫:"第一次为的是手术,第二次为的是让她不谈这次手术。"

护士："有位病人急诊，在候诊室等你一个多小时了。"

医生："让他等吧！他既然能等一个多小时，说明并没有什么急病。"

❁ 理发店

爱发牢骚的老头布朗先生老是抱怨他的发式，愤愤地指责他的理发师。一次刚理完发，他说：

"我要我的头发从中间分开。"

"我不能这么做，先生。"理发师说。

"为什么？"布朗先生咆哮道。

"因为您的头发是奇数的，先生。"

一个90岁的老翁，在他生日那天到理发馆去理发。理发师一面替他理发，一面说："祝您生日快乐，先生。希望在您100岁生日那天，我还能荣幸地替您服务。"

老翁仔细地瞧了瞧理发师说："看起来你很年轻又健康，我想你能够的。"

一个男人坐在理发店的椅子上，对理发师说："请你给我把左边剪短些，右边留长点，脑门上给剪秃一大块，再留一绺长发，使它能一直拉到我的下巴那里。"

"对不起，先生。"理发师说，"这我可办不到。"

"办不到？"那人生气地说，"上次你就把我的头发剪成了这样子。"

有位苏格兰人上理发店去修面刮胡子。他是个穷人，靠卖发刷为生。理发师拿了一把刷子，问他多少钱。

"1个先令。"理发师嫌太贵。

"这是6便士。"他说，"要是你嫌少，你可以把刷子收回去。"

苏格兰人接过发刷，问理发师刚才给他刮胡子要多少钱。

"1个便士。"

苏格兰人拿出半个便士递给理发师："要是你嫌少，你可以把我的胡子还给我。"

一位理发员将一个顾客的脑袋按在水龙头下，两手狠劲地按着给他洗头。那顾客痛得难受，便悄悄地对理发员说：

“你看看外面有没有人？”

“有人怎么样？没人怎么样？”

“如果没人，我看你就用剃刀把我宰了算了！”

有一个男孩子，他认为自己已经是大人了，就去理发馆，让理发师给他刮脸。

理发师请他坐下，给他脸上涂了肥皂，就不再理睬他，而是站在门口和另一个理发师谈笑起来。这位小大人等了几分钟，不耐烦了，喊道：

“喂，你干嘛一直让我待在这里？”

理发师回答：“我在等你的胡子长出来。”

某理发师为人修脸，因为手发抖，在客人脸颊上割了好几个口子。每割一处，他就急忙用海绵蘸凉水止血，并自责：

“嗨，我怎么老是这么粗心！”

客人也无话可说。待修脸毕，客人满满地饮了一口水，左右摇头不已。理发师不解，问：

“怎么，您牙疼吗？”

客人说：“不，不，我只是试试我的嘴有没有漏水。”

照相馆

顾客：“怎么？这张照片，一点儿也不像我！”

照相馆职员：“还不像么？简直照得比你还要像。”

一妇人走进照相馆，询问能否将她儿子的照片放大，工作人员说：“可以。”

妇人又说她不喜欢照片里的那顶帽子，问能不能将它拿掉。

工作人员回答：“可以是可以，但不知您的儿子的头发是直的还是卷的。”

妇人火了：“真笨，你把他的帽子拿开后不就看清楚了吗？”

邮 局

米勒先生在邮局工作了三十多年，现在准备退休。

局长问："米勒先生，您在这工作这么多年学到些什么？"

米勒："给我的退休金支票请您不要通过邮局寄发。"

典当行

一个人赶到典当行："这块冰我要当一当。"

店员："可以！但是您要在这块冰融解以前来赎。"

餐 厅

"招待，你这酒里怎么漂着根白发？"

"先生，从这一点上您就可以看出这酒是有年头的了！"

"招待！这是头等餐厅吗？"

"一点不错，是头等。"

"那为什么都是二流的招待？"

"那是因为光顾这里的都是三流的顾客。"

一位顾客坐在一家高级餐馆的桌旁，把餐巾系在脖子上。经理很反感，叫来一个招待员说："你让这位绅士懂得，在我们餐馆里，那样做是不允许的。但话要说得尽量委婉些。"

招待员来到那个人的桌前，有礼貌地问道："先生，您是刮胡子，还是理发？"

顾客等得不耐烦了，走去问跑堂的：

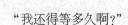

"我还得等多久啊？"

跑堂的和颜悦色地回答：

"直到另一位顾客点同样的菜。"

"为什么？"顾客叫起来。

"因为你只要半只鸡。你想为此杀一只鸡划得来吗？"

一个顾客生气地冲着一个忙忙碌碌的饭店招待嚷道：

"这是怎么回事？难道你没看见这只鸡的这条腿比另一条短了一截吗？"

"那有什么？"招待答道，"你到底要吃它，还是要和它跳舞？"

冬天，一位顾客走进一家饭馆，忘了关门，饭馆里的一位顾客嚷道：

"喂，外面这么冷，你关上门吧。"

这位刚进来的顾客答道：

"你以为我关上门，外面就暖和了吗？"

琼斯指着账单问饭店经理："为什么要收我们的水果钱呢？我们可一点也没有吃过。"

经理说："可是水果天天放在你们的房间里，你不吃可不是我们的过错。"

"我明白了。"琼斯一边说，一边从账单中减去 150 美元。

经理见了急忙问道："这是干什么？"

琼斯回答："因为你吻了我的妻子，每天得减去 50 美元，我们住了三天对吗？"

"什么？"经理嚷道，"我可从来没有吻过你的妻子。"

"可她是住在你的饭店里呀！"

摩洛科在饭店里吃了一顿美味的午饭，需付一美元，可他连一个美分也没有，于是他问店老板：

"请告诉我，在此地，如果有人打了别人一记耳光，官司打到法院，他会被罚多少钱？"

"我想，5 美元吧！"

"好吧，"摩洛科说，"请您打我一记耳光，再把剩下的 4 美元找给我吧！"

彼得和约翰来到一家餐馆，他们要了肉排，不久侍者拿了肉排，彼得先拿了一块较大的。

约翰发怒地对他说："您多没礼貌啊！您先挑，而且又拿块较大的。"

彼得道："假如您居于我的地位，您将拿哪一块？"

"当然是较小的。"

"那您还抱怨什么呢？"

顾客说："我这碗清汤里怎么只漂了一片葱叶？"

招待说："那这已经不是清汤，而是菜汤了。先生，您应再付 5 便士。"

文豪赛加诺维奇邀请了几位朋友到一家高级酒店吃饭。当他付了近一百个茨罗提的饭钱之后，他请服务员把酒店老板叫来。酒店老板刚露面，他便向他走去，拥抱着他，并吻着他的脸颊。

老板惊奇地问："难道我们相识吗？"

"不，"文豪答道，"但我想好好地向您道别，因为今生我们再也不会见面了。"

一个人在餐馆吃完饭，结了账起身准备离去。站在一旁等着接受小费的侍者，见他无意给小费，便说：

"先生，你相信历史会重演吗？"

"我相信。"

"昨天坐这张桌子上的一位顾客，给了我 50 元的小费……"

"或者，他今天还会再来。"

三个人走进饭店。

第一个说："服务员！我要一杯茶！"

第二个说："我要一杯加柠檬汁的茶！"

第三个说："我也要茶，但装茶的杯子要绝对干净！"

过了一会儿，服务员来了，手中托了三杯茶，他问道："三位是谁要干净杯子装茶的？"

顾客："侍者，我的咖啡里怎么有一只苍蝇？"

侍者："先生，15便士一杯咖啡，您还想要什么吗？难道是一只大象？"

一个绅士到店里喝咖啡，刚刚喝了两口，就发现杯子里有一只苍蝇。

"喂，侍者，过来！"绅士放下碗，拍着桌子叫道，"咖啡里有苍蝇。"

"老爷，您说什么？苍蝇？那绝对不可能！"侍者搔着脑袋说，"老实告诉您吧，在给您端来之前，我把所有的苍蝇都拣出来了！"

三个年轻人走进一家酒店喝啤酒。女服务员向他们要身份证，因为按当地的法律规定，只有对成年人才供应酒。其中两人马上拿出自己的证件，第三个人却因还不到法定许可的喝酒年龄，摸了摸口袋，无可奈何地拿出一张图书馆借书卡，问服务员能否通融一下。服务员对他笑笑，然后大声招呼柜台后边的掌柜说："两瓶啤酒……外加一本连环画。"

一个人走进一家有名的饭店，点了一只油焖龙虾。

一会儿，侍者把菜端来，这个人发现菜盘中的虾少了一只虾螯。他责问侍者，侍者就把老板找来。

"您知道，"老板说，"虾是一种很残忍的动物。您的虾可能是和它的同类打架，被咬掉了一只螯。"

这个顾客马上说：

"那么调换一下，请把那只打胜了的给我。"

顾客："你们饭馆的米饭真不错，花样繁多。"

服务员："不就是一种吗？"

顾客："不，有生的，有熟的，还有半生不熟的。"

有个人在一个小酒店里要请客。刚要喝酒时，他端起酒杯，说道："我喝下这杯酒时，在座各位请跟着喝。"

他喝干第一杯后，又端起一杯酒，说道："当我喝第二杯时，各位也要跟着喝干第二杯。"在座的每个人都被他这种诚意所感动，喝干了第二杯。这时，只见他喝干酒后，从自己的衣袋里掏出两元钱，啪哒一声扔到柜台上，说道："我付账时，各位都要跟着付。"

　　一位顾客在某饭馆就餐，满怀感慨地说："要知道是这样的饭菜，早几天来就好了。"

　　饭馆经理听了，十分得意地说："谢谢您的称赞，谢谢！"

　　这位顾客马上说："我的意思是，这鱼和肉，如果早几天来就该是新鲜的了。"

　　一个顾客进了一家餐馆，要了一块煎肉，却发现那肉很硬，不能吃。于是口出怨言，招呼服务员来，对他说："我绝对没法吃这种肉，给我把饭馆老板叫来。"

　　服务员平静地回答："用不着，先生，他也照样无法吃这种肉。"

　　一个顾客在酒店喝酒。他喝完一杯后转身问酒店老板："您这里一星期能卖掉多少桶啤酒？"

　　"35桶。"老板极为得意。

　　"好吧，"顾客想了想，"我倒想了个能使你每周卖70桶的好办法。"

　　"什么办法？"老板一下子跳了起来。

　　"这很简单，你只要每次卖酒时都将杯子里的啤酒装满就行了！"

　　饭店服务员对客人说："只给5块钱小费，简直是侮辱人嘛！"

　　客人问："那么我应该给多少呢？"

　　服务员："起码再给5块钱。"

　　客人："对不起，我怎敢一下子侮辱你两次呢？"

　　顾客："我的菜还没有做好吗？"

　　服务员："您定了什么菜？"

　　顾客："炸蜗牛。"

　　服务员："噢，我去厨房看一下，请您稍等片刻。"

　　顾客生气地说："我已等了半小时啦！"

　　服务员："对不起！这是因为蜗牛是行动迟缓的动物。"

旅 馆

一人来到一个肮脏的旅馆，奇怪的是在旅馆入口处他看见一块牌子上写着："请擦擦鞋！"

于是他拿起笔在上面添上几个字："当你出去的时候。"

一位英国旅游者来到法国的一家旅馆，看到门上写着这样的公告："本馆各国语言均适用。"

他用英语、德语和俄语同经理交谈，可是经理一言不发，这样莫名其妙地闹了半天，旅游者还是无法办理住房手续。最后他用法语问道：

"你们这儿是谁懂各种语言呀？"

"旅客。"经理回答说。

两个抵达纽约的苏格兰移民在旅馆过夜。他们整个晚上被蚊子搅得十分恼火，其中一个说：

"仙蒂，用被子蒙住头，蚊子就咬不到我们了。"

过了一会儿，仙蒂伸出头来呼吸新鲜空气。这时她看见了以前从未见过的萤火虫，于是她叫道：

"上帝啊，蒙住头也没用，蚊子打着灯笼找我们呢。"

旅店的住客看到墙上有臭虫，就叫来店主。机灵的店主对墙上望了一眼，说道：

"您只要仔细看看，就能发现这臭虫是早就死了的。"

第二天清晨，住客又把店主找了来：

"我要再谈谈臭虫的事情。"

"您明明知道这臭虫早就死了。"

"不错，是死了，不过您可知道，昨天夜里是为死者开盛大的追悼会，它的亲属们都跑来饱饱地吃了一顿！"

一个新来的旅客，在房间里按着电铃。

侍者："先生，有什么吩咐？"

旅客："没什么，我试验你们的电铃灵不灵。"

旅客又按电铃。

侍者："先生，要什么？"

旅客："不要什么，我试试你的耳朵灵不灵。"

旅客第三次按电铃。

侍者："先生，有什么事？"

旅客："没有事，我试验你的两条腿灵不灵。"

侍者："先生，在你未付小费的时候，我是'百灵'。"

法　院

里奇在路上走，突然背上狠狠挨了一拳，回头一看，素不相识，于是问道："你要干什么？"

那人急忙道歉："很对不起，我看错人了。"

里奇不肯罢休，拉着那人去了法院。谁知那人和法官是朋友，法官听了里奇的控告，决定判那人罚款。法官对他说：

"你还不快回家拿钱来！"

就这样，法官把那人放跑了。里奇一连等了几个小时，心知有异。于是他溜到法官背后，狠狠揍了他一拳，然后说：

"我很忙，恕不奉陪了。那人的赔偿就转让给你吧。"说完，扭头走了。

囚犯被指控偷了别人的马。检察官念完起诉书后，用严厉的口气质问他："你是不是犯了罪？"

犯人神色不安地说："被带到法庭来不就是要弄清这个问题吗？"

法院正在审理案件，在地方检察官就法律观点辩论时忽然发生地震，房屋也摇动起来。几秒钟后震动停止，检察官振振有词地说："你们看，上天显然同意我的意见。"

但法官却说："不对！地震来自地下！"

县官抓了一个老贼。审问后，作案记录就有 5 寸高。

忽然，衙役来报告说："老爷，你……你审的这位老爷子是太师的岳父。"

县官听了，一点不慌，扶起老贼，去了枷，说："老爷子，这记录正好给您作传记。"

法官："你岳母控告你在她的饭里下毒想毒死她，你还有什么话说？"

"先生，这不是事实，她无疑是在撒谎，我要求对她进行解剖以证实这一点。"

"我的委托人有双重人格，所以，法官先生，我请求您对他宽容。"

"很好，我将考虑这一点，我想给他的每一种人格判 5 年。"

一位律师问证人："你说事故发生的时候，你离出事地点 100 英尺，你可以告诉我，你能看清多远的东西？"

证人说："早晨起来时，我可以清楚地看到太阳，据说太阳离地球是 9300 万英里。"

在法庭上，审讯一件殴打案时，辩护律师向证人提出严峻的盘诘。

"当你看见被告毒打原告时，你距离他们多远？"律师问。

"4 尺 5 寸半。"证人回答，

律师又说："再请告诉我，你又如何知道得这般准确？"

"我吗？"证人反驳道："我早就预料有个傻瓜会问我，所以已经亲自量过了。"

监 狱

在纽约一座监狱里，几个囚犯打牌打得正热火。看守来了，说道：

"303 号囚犯！律师来见你了！"

正要赢牌的柯利说：

"看守先生，麻烦你告诉他：我刚出去，不在家！"

一位被拘留者来向看守告别，这位看守已经是第四次看管他了。

看守："祝你顺利,我希望从今以后不要再见到你!"
被拘留者："你的意思是你会离开这个岗位吗?"

某地模范监狱,囚犯白天去帮助农民工作,晚上自动回狱。
有一个犯人很晚才回去,守门的警告他说:"下次再这么晚,我就不开门了。"

狱吏对刚入狱的惯犯说:"我们终于又见面了!"
惯犯:"有什么办法呢?我在任何地方都找不到如此便宜的住所。"

🍁 刑　场

祭司对被判坐电椅处决的犯人说:"我可以为你做点什么吗?"
"请你抓住我的手,千万别松开!"那人回答说。

一名死刑犯临刑前对刽子手说:"到这步田地,杀随便你杀,只是求你砍我颈上稍高一点的地方。"
刽子手问其故,他答道:"我颈上长了恶疮,你要是砍在那疮上头,岂不是疼死我了!"

一个人被判处了绞刑。他哀求把绞索系在手臂上,千万不要系在脖子上。
他说:
"我的脖子那儿特别怕痒,要是把绞索套在脖子上,我自己会笑死的。"

🍁 海　关

海关人员问一位老妇人:"请问,您带的这些瓶子里装的是什么?"
"圣水,"老妇人说,"我到法国旅行时在一家教堂装的。"
海关人员不相信,打开其中一瓶,一股白兰地酒味飘了出来。
"太太,您对此作何解释?"海关人员问。
"啊,万能的上帝,"老妇人喊道,"真是奇迹!"

天文台

一位新来的守夜人去一家天文观察台上班。他目不转睛地盯着一位天文观察员把一架庞大的天文望远镜瞄准寥廓的天空。突然，一颗流星划破黑夜，陨落天际。

守夜人大为惊讶，赞叹道：

"先生，您这一炮打得可真准！"

军 营

在实弹射击训练中，有个士兵连发几枪都脱了靶。教官怒气冲冲地夺过士兵的枪，声色俱厉地说：

"笨蛋！你瞧我的。"

他瞄准射击，可子弹也飞到了靶外。他气势汹汹地转身向士兵吼道：

"瞧，你就是这样打枪的！"

汽车载着一车新兵来到接待站。一位年老的士官走出来迎接他们。他对新兵们说：

"欢迎你们光临，孩子们，从现在起，你们都是军人了，军队就是你们的家，你们在这儿就像是在自己的家里一样。"

听完这番欢迎词后，一个新兵从队列中走出来，一屁股坐到地上，点上一支烟抽了起来。

"喂，你怎么坐地上？"士官问道。

"噢，你刚才不是说过，这儿就是自己的家吗？现在到家了，休息一会儿。"

老士官很快地想了想，就接着说："你说得很对，我的儿子，这就是你的家，那么抽完这支烟，就立刻去餐厅帮你母亲准备碗碟吧！"

一个新兵入伍受训，被派在深夜放哨，为了避免自己害怕，他就不断装卸子弹。这时忽然听到有军官走来查哨，他连忙举枪致敬，谁知步枪走火，连岗亭的玻璃也被打穿了，那位军官只淡淡地说：

"你怎么一点常识也没有。举枪敬礼就够了，谁要你鸣枪致敬。"

新兵入伍不久便向军官请假：

"长官，我老婆病了，请给我一个月假，回去看看。"

军官没好气地说："不对吧，我刚刚收到你爸爸的来信，说你老婆的病好了……"

士兵："瞎说，我还没结婚呢！"

学 校

语文老师正在解释诗人的浪漫与天真，发现有个学生伏在桌上呼呼睡着了，很生气地把他叫起来问："你知道浪漫与天真有何区别吗？"

学生一定神，忸怩地说道："二者其实是一样的，像我刚才的行为是浪漫，但是我希望不会被老师逮着，就是天真！"

老师说："现在，每人造一个句子，然后改成命令式。"

爱尔说："牛拉车。"

老师说："把它改成命令式。"

弗朗兹举手说："吁——驾！"

老师："请你解释一下'扑朔迷离'这个成语。"

某学生站起来，推了推架在鼻梁上的那副深度眼镜，仔细地望着黑板上这四个字，最后无奈地说："老师，看不清楚。"

老师："你说的对，请坐下。"

老师："大家造个句子，在这个句子里必须有'糖'字。"

学生："父亲在喝咖啡。"

老师："'糖'字在哪儿？"

学生："在咖啡里。"

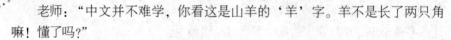

老师："中文并不难学，你看这是山羊的'羊'字。羊不是长了两只角嘛！懂了吗?"

学生："懂了。"

老师："这是'牛'字。"

学生："那为什么只长一只角呢?"

语文课堂上，老师在黑板上工工整整地写上"却"和"但是"这两个词，要求学生造句，并打比方解释道：

"这两个词都是转折连词，'却'是小转，像转一个小弯；'但是'是大转，像转一个大弯。"

冬冬"唰唰唰"地造了一个句子："从我家到学校只转几个'却'，而从我家到外婆家要转几个'但是'。"

语文课上，老师给学生们讲了一个成语："罗马不是在一个白天就能建成的。"

历史课上，老师向学生们提问："罗马大帝国是什么时候建立起来的?"

"夜里！"课堂里响起了一片毫不含糊的回答声。

老师让学生以《假如我是市长》为题写一篇作文，所有的孩子马上动笔写了起来。只有一个学生例外。老师问他为什么不写。

"我在等我的秘书。"那孩子答道。

老师上作文课以《足球赛》为题目，让学生作文，还不到3分钟，两个学生便交了卷。第一个只写了4个字："雨天停赛。"另一个学生则写着："踢得太精彩了，非笔墨所能形容。"

"彼得，"老师问道，"怎么你这篇描写母亲的作文和你哥哥那篇一模一样。"

"那当然了，我俩只有一个妈妈呀！"彼得一本正经地回答。

老师出了个题目《假如我是个百万富翁》，让学生作文。

看到约翰坐着不动。老师奇怪地问："你干嘛不写作文?"

约翰得意地说："百万富翁根本用不着写什么作文呀！"

懋材是个老实的小学生。一天上作文课，先生出了个题：我爱我的小花狗。限第二天交卷。到了第二天，大家都交卷了，只有他待着不动。先生责问他。他就哭着说：

"先生！我家里只有一条大黄狗，没有小花狗，叫我怎样做呢？"

老师布置学生写一篇作文，命题为《我所见到的一件最美的东西》。

班里一位被认为最有美感的学生交卷了。文章非常简明扼要，全文如下："我所见到的最美的东西真是美得无法用文字表达。"

老师问："西班牙在 15 世纪时发生了多少次战争？"

"6 次。"一个学生很快就答出来了。

"哪 6 次？"老师又问。

"第一次，第二次，第三次，第四次，第五次，第六次。"

历史老师正在讲拿破仑远征俄罗斯，看到一个学生偷偷地看小说，于是把学生叫起来问道："请告诉我，拿破仑正在干什么？"

学生看小说，正看到书中的主人公要上吊，老师突然问他，他顺口答道："拿破仑在上吊。"

历史老师："古代罗马人很注意锻炼身体，有的人每天在早饭前都要横渡大河三次。"

学生说："老师，我觉得他必须横渡四次，因为他的衣服还在河对岸呀！"

历史教师对着一个久病缺席的学生说：

"你请假很久，功课一定缺了不少，你是从什么时候休息起的？"

学生："我是在安禄山造反时生病的。"

老师："你能告诉我关于 18 世纪英国伟大作家的一些情况吗？"

学生："可以，先生，他们都死了。"

老师："比克，我们来复习一下上节课讲的内容。1312 年英国发生了什么事?"

比克："英国王朝威尔斯王子诞生。"

老师："对极了! 比克。你接着说，1317 年又发生了什么事?"

比克："王子威尔斯 5 岁了。"

自然课上，老师问："铁放在外面，常和空气接触，就会生锈。那么金子要放在外面呢?"

一学生答："会被偷走。"

在天文课上，老师问："请同学们讲一讲最大的几颗星!"

一学生问道："球星还是电影明星?"

学校上自然课，老师请玛丽说出一头南非奇特的动物的名称。

"一只北极熊。"玛丽立即回答道。

老师皱着眉头，嗔怪地说道："玛丽，在南非是找不到北极熊的。"

"我知道!"玛丽说，"这正是它为什么奇特的缘故嘛!"

老师给学生讲解血液循环，为了把问题讲得生动，他说："孩子们，如果我倒立的话，血液就会流到头部，我的脸就要发红，对吗?"

"对!"孩子们齐声回答。

老师继续说："当直立时，血液为什么不流到脚里去使脚发红呢?"

一个学生高声回答："因为你的脚不是空的!"

生理课上，老师问学生："肠在胃的哪一面?"

一学生答道："肠在胃的南面。"

老师听了很诧异。学生道：

"地图上有指南针，凡在下面的，都说是南面。我想生理图当然是一样的。"

老师用手指指着地球上的太平洋地区，问："这是什么?"

没有人回答。

老师："德特，你善于解答难题，你来回答吧。"

德特："是食指，10 个手指中的一个。"

地理教师在课堂上问学生："哥伦布是什么时候的人？"
一个学生不假思索起立道："先生！哥伦布是发现美洲时候的人。"

教师："美国异常辽阔。如果我们从美国的东海岸坐火车，那坐了 5 天 5 夜还到不了西海岸。"
学生："真的是这样吗？我怀疑那列火车坏了。"

"澳大利亚在什么地方？"地理老师提问一个学生。
"在……地理课本第 25 页上。"

老师："去北极的几个探险队已经完成了一些什么功绩？"
小学生："它们什么功绩也没有完成，只是使地理课变得更加难学而已。"

"请看这张地图，谁能指出美洲在哪儿？"
"在这儿，老师。"一个学生用手指在地图上点了一下。
"很对，你是好样的。现在你再回答我，谁先发现美洲？"
"啊，老师，刚才您看得很清楚，是我先发现的。"

老教授向全班学生提出了一个问题："电是什么东西"？有一个坐在后排的学生犹豫不决地把手举了起来，但是过了一会儿，又放下了，老教授见到了这一情形，也还是指着他再问了一遍："电是什么东西？"
那个学生局促不安地说："我忘了。"
老教授勃然大怒地说："啊？世界上唯一的一个知道电是什么的人，而他却忘了。"

上宗教课时，教师问班上学生："有谁愿意上天国去？"
结果，除了一位学生以外全部举手。老师即请那位学生说明不愿意去天国的理由，学生说：
"我爸爸嘱咐：'下了课以后，哪里也不能去，必须直接回家'。"

一位化学教授在课堂上详细地讲解了一种有机化学反应，他向同学们说：

"请注意，诸位。在这个反应开始时，共有 25 个碳原子，可现在呢？只有 24 个了……"

他停了片刻，等待同学们接下去解释，可是课堂一片寂静，无人响应。教授又追问：

"究竟发生了什么情况，致使这个原子失去了呢？"仍是一片寂静。

教授不得不明确地问：

"谁能说，它究竟上哪儿去了？"

更是静得出奇。过了一会儿，终于在教室前排发出了一个喃喃的声音：

"可是并没有人离开这个教室啊！"

在给学生上实验课时，老师左手拿着一枚五马克的钱币，右手拿着装着硫酸的试管，然后把钱币放入试管里。

老师问学生："酸的强度能不能溶解这块钱币？"

大家思考着。过了一会儿，坐在后排的一个学生站起来回答："不能！"

老师满意地说："答得对，那么你说说，为什么不能？"

学生答道："如果酸达到能溶解钱币的强度，那您就不会放入 5 马克，而是放入 1 芬尼了。"

"三角形有哪些特点？" 几何老师问一个学生。

"……" 对方一无所知。

"那你说说看，三角形有几个角？"

又是一阵沉默。忽然另一个学生喊道：

"这要看是什么样的三角形！"

✺ 求 职

求职者问人事经理："我的工资是多少？"

"开始每月 2800 马克，一个季度后是 3500 马克。"

"那我从第二季度来上班。"

老妇："你们公司里要聘一位女主角，我特来应征。"

导演："是的，但你来迟了。"

老妇："我刚看广告，立刻赶来，怎么说已经来迟？"

导演："你来迟了二十年。"

鲁道夫新开了一家超级市场，需要雇用一些财会人员，于是在报上登了广告。第二天，刚开门便跳进来个中年人。他自称会算账，但考核却证明他根本就一窍不通。鲁道夫大怒：

"先生，您这不是耍弄我们吗？"

中年人笑笑："噢，我是个很有头脑的人。我觉得像这样的超级市场一定需要个出谋划策的人，所以我就自荐而来。"

"那么好吧，"鲁道夫想了想，"既然如此，那您就给我出个点子——该怎么把你打发走！"

✿ 开 会

一天，某村在开会。3 个小时过去了，会还没开完。这时，一位中年妇女站起身来向门口走去。

"您干什么去，安娜·依万诺夫娜，要知道会还没有开完。"

"我家里有孩子呀！"

过了 20 分钟，又站起来一位年轻的妇人。

"您要去哪儿呀，列娜！您家里并没有孩子呀？"

"如果我总坐在这里开会，那么我们家永远也不会有孩子的！"

新书记上任作报告，只见他打开讲稿，就滔滔不绝地念起来，从一月如何，二月怎样，一直念到十二月，待他口干舌燥时，低头一看，台下空无一人了。

书记惊讶地问秘书："什么时候人都走光了？"

秘书回答："从二月开始，到七八月底就没人了！"

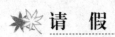

请 假

公司里有个小职员找经理请假，说他的祖母去世，需要帮助料理丧事。经理听了大发脾气，严厉批评他说："你搞的是什么名堂？已经是第三次用这样愚蠢的借口来骗我了，难道说你的祖母死了三次吗？"

"这有什么办法呢？我的祖父讨了三个老婆，能怪我吗？"

"有什么事情？"老板问走进来的职员。

"我想下午请假。"

"有什么理由呢？"

"太太教我的理由，我已经记不清楚了。你先准许我请假，我明天早晨再把理由告诉你好吗？"

某公司有位专家，一天，他去向领导要求请假一周，可是他垂头丧气地从领导办公室里走出来。同事问他是怎么回事。他说：

"我因有要事向领导请假一周，他却只同意给我三天。我说三天不够。他说：'你是个能干的专家，别人需要七天办的事，你只要三天就能办好。'"

一士兵向上司请假回家看望妻子。

上司："你把看望妻子放在为国家尽义务的前面吗？"

士兵："这个国家有 1100 万男子在关心它，据我所知，除了我以外，没有任何人在关心我妻子。"

迟 到

"您能不能解释一下总是迟到的原因，霍普金斯先生？只是您别啼笑皆非地杜撰！"上司脸色阴沉地看看表，责问道。

"当然可以，先生。楼下电梯门上挂着一块'限乘 10 人'的小牌。您知道，每天早晨还得等齐 9 个同伴，要花多少时间啊！"

小学生："对不起，老师，我迟到了。那是因为我在睡梦里观看了一场足球赛。"

老师："一场足球赛又怎么会使你迟到呢？"

小学生："他们踢了上半场和下半场之后，比分是 2 比 2 平。所以比赛又延长了半个小时。"

考　试

科技大学里，一名数学教授正在主考。他问一个名叫门恩希的学生："考生先生，请告诉我什么叫常数？"

"什么？教授先生难道还不知道什么是常数么？"

考场上，老师向学生提出很多问题，有个学生连一个也回答不上来。学生羞红了脸，低头不语，突然抬起头来问老师：

"这些问题您怎么还问我？您不比我清楚吗？"

老师："约翰，你不必写上日期，回答试卷上的问题是更重要的。"

小学生："这我知道，老师。可是我总得在试卷上写上一些对的东西呀。"

考试中有这样一个问题："写出美国任何一年度出口煤炭的吨数。"一位聪明的学生在看了又看、想了又想之后，找到了答案。只见他眉毛一扬，写道："1492 年出口数为 0。"

一所军官学校在举行毕业考试。

人们问伯里斯："如果您被敌人包围了，您将怎么办？您前面是一条河，后面是悬崖峭壁，左边和右边是敌人的部队。您会向士兵发布什么样的命令呢？"

伯里斯挺起胸膛，用如雷般的声音答道："全体注意！朗诵圣歌！"

女教师发现一个学生向同桌偷看答案，她生气地责备他说：

"萨沙，你这是第四次偷看答案了！"

"老师，不是我想一看再看，而是他的字实在太潦草了，我老是看不清楚!"

主考官问参加考汽车驾驶执照口试的比奇："假如你看到一条狗和一个人在前面，你是轧狗还是轧人?"

比奇毫不犹豫地答道："当然轧狗。"

主考官摇了摇头说："你下次再来吧。"

比奇不服气，反问道："我不轧狗，难道你要我去轧人?"

"你应该急刹车。"主考官慢条斯理地说。

✵ 推　销

一个推销员对一个家庭主妇喋喋不休地把他所有的产品都作了介绍，然后问：

"请问府上需要什么?"

主妇毫不犹豫地答道："钱。"

一家真空吸尘器的推销员硬是要给一户人家的主妇做表演。他先把咖啡渣、尘土等撒在女主人起居室里漂亮的地毯上，然后说："太太，如果我的吸尘器不能将这些垃圾全部清除干净，我就把剩下的全部吃掉。"

主妇准备离开那房间。

"您去哪儿?"推销员问。

"给您拿个汤匙。"她回答，"因为昨天的暴风雨，我们这里停电了。"

有位推销商前来拜访将军，他拿出一套军服给将军看，并滔滔不绝地吹嘘起来，最后夸口道，这套军服能挡住任何枪弹。

"好极了，你先穿上它。"说完，将军叫来了卫兵。

"现在需要借你的枪用一下。"

将军回头看时，那推销商早已跑得无影无踪了。

城隍庙里，一个人在那里喊："诸位! 发财的法子，很多很多。这一本书，全是教授发财方法的，五元的资本，可以获利一百元。"

"请问！有获利五百元的办法么？"

"有的。很容易，只需买五本。"

卖瓷器的人当着许多客人说："我的瓷器，都很坚固。"一面说，一面将瓷器在墙上撞着。忽然破了一只茶杯，他说：

"你们请放心！这只茶杯，我决不卖给你们的。"

伊万进了钟表店，对售货员说："我想买一只好闹钟。"

售货员说："这种闹钟保您满意。它先闹，您若不醒，它就鸣汽笛，再不醒，就发出炸弹爆炸声，再不醒就对您喷凉水。实在没辙了，它就打电话给您领导，说您病了。"

房产经纪人领着一对夫妇向一幢新房走去，他要出租一套房间给这对夫妇。一路上，他喋喋不休地夸耀这幢楼房和这个居住区，甚至说这块地方是世界上最美的地方，这里的居民从不知道什么是疾病和死亡。

正在这时，一队送葬的人从他们面前走过。这位经纪人马上说："可怜的人……他是这里的医生，饿死了。"

一个推销员发现他推销的那块地皮被水淹了，便问老板是否该把钱退给顾客。

"退钱？"老板吼叫起来，"快卖给他一只汽艇！"

"您的公司愿意采用我的最新发明吗？这是一种自动刮脸机。只要投进去几个硬币，把头伸进孔内，两片剃刀就会自动地替您刮脸。"

"要知道，每个人脸部的形状可不同啊……"

"第一次确实如此。"

房产经纪人正带领一位买主看一所房屋。当他打开房前的铁门的时候，传来了轰隆隆的火车声。

买主问："这里每天过往的火车多吗？"

"噢，不，"经纪人赶紧回答，"一天只不过有两三次火车开过这里罢了。"

几分钟以后，又听见了火车声，经纪人赶紧抱歉地朝买主笑笑。

不一会，第三列火车又来了，它发出的轰轰声响大大盖过了他们的谈话声。这时，买主朝那位狼狈的经纪人笑了笑，然后说道："太好了，一天三次火车都集中在十分钟里来，这倒也爽快。"

纳　税

两个纳税人在一起聊天。他们一位是法国人，一位是美国人。

法国人首先说："我们的国旗很有意思，它非常完满地表达了我们纳税人的思想感情——蓝色是我们得到的税收单据的颜色；白色是我们阅读税收单据时的表情；红色是我们交纳赋税时气愤的脸庞象征。"

"哎哟！"那个美国人叫道，"我们美国的那面旗子更有意思，为了突出我们拿到税收单据时所承受的打击，我们在国旗上画了许多星星。"

一个英国商人在立遗嘱：死后要火葬。有人问他如何处理他的骨灰。他回答道：

"把骨灰装在一个封套里，送给财政大臣，同时附上一张纸条，上面写道：'现在全部都交给您了。'"

保　险

某人的法律顾问常常用下面的话建议他去上人寿保险：

"您去上人寿保险吧。这样，如果您的手骨折了，您就能得到 54 茨罗提；如果您的脚扭断了，您就可得 1 万茨罗提；如果您的头破了或者脖子被拧断了——那您就将是城里最富的人了！"

保险公司的职员向一个人进行劝说："今天你快快乐乐地过日子，但说不定明天会跌进水沟里。"

对方很不感兴趣地摇摇头。职员起劲地继续说："你看隔壁的王太太吧！

她保 10 万元意外险，隔不了几天就跌断了腿……"

"我知道。"对方还是摇头，"但是，那样的好运气并不多啊！"

张三："恐怕找不出第二家保险公司像我们公司付款那样快了。假如我们的保险户在星期一死了，他的继承人在星期二早晨就可领到全部的保险费。"

李四说："这算什么！我们的总公司就设在摩天大楼的 45 层楼上。有一天早晨，一位投保人从第 70 层楼窗口跳下自杀，当他坠到我们公司的窗口时，我们就顺便把全部保险金交给他本人了。"

一个老年人到一家保险公司保人寿保险。

"但是，先生，"那保险公司的职员抗辩道，"你不会希望我们承保一位像你一样年龄已届 94 岁的老翁的寿险吧？"

"为什么不？"那老翁答道，"看清楚这张统计表，很少人是死于 94 岁的高龄。"

丈夫因为车祸突然死去，太太悲泣了 7 天 7 夜。第八天，人寿保险公司的职员送来保险金，她的哭泣立即停止了。

"哦，100 万元，"妇人高兴地回过头来看着保险公司的职员，然后一本正经地说：

"如果花 20 万块钱，可以使丈夫活过来，那多好啊！"

太太不懂保险的道理，认为缴保险费是浪费。先生连忙解释说：

"保险是为了你和孩子，万一我死了，你们也有个保障呀！"

太太反驳道："要是你不死呢？"

夫："今天我保了 1 万元的寿险。"

妻："那我就放心了。你每天出去，不必叫你当心汽车了。"

保险公司的一位职员企图说服一位顾客为自己及其夫人投人身保险："你瞧你的邻居，他就投了妻子的人身保险，妻子死了，他得了 5 万美元的保险金。"

顾客说："谁能保证我的运气会像邻居那样好呢！"

募 捐

乡下小教堂里，牧师收到的奉献总是少得可怜。

某一个礼拜天，他宣布："在我传下这个奉献盘以前，我要说明一下，那位曾经在老妇人家偷鸡的人不必奉献了，因为主不要贼的钱。"

于是，传递盘子时，人人都捐了钱。

星期天早上，牧师对他的会众说，教堂需要修理。马上有好几个人站起来表示愿意捐款。可是镇上那个最有钱的人却坐在那里默不作声。

突然，一小块天花板掉下来，正好打在那个阔佬头上。他立刻站起身来，声明他乐意捐款 10 元，坐在后排的一位贫苦老农望着天花板，庄严地说："再给他来一下，老天爷，再给他来一下！"

"先生，请你为上帝捐献 1 美元吧！"

"小姑娘，你今年几岁了？"

"16 岁。"

"好，我已经 88 岁了。如果没有特殊原因，我肯定会比你先去见上帝。这 1 美元，到时我会亲自交给他的！"

聚 餐

有九个老头约定第二天每人各带一壶酒，相聚饮酒为乐。当天晚上，一个老头在家中暗自思量："九个人要带九壶酒，我何不带一壶水，掺到那八壶酒里，不照样喝酒嘛！哈哈，此计妙也！"

此时，另外八个老头也在家中捧着酒壶盘算："酒壶酒壶，明天我要把你装上清水，去冒充酒，八酒一水，哈哈，此计妙也！"

第二天，九个老头，皱着眉，咧着嘴，喝着倒在一起的清水，嘴上却一个劲地喊着："好酒，好酒！"

 算 命

算命先生："你这个人怎么算了命，不给钱就走了?"

路人："难道你没算出来，我现在身无分文吗?"

格林太太想知道自己往后的命运，去找相士算命。相士看了她的右手掌说：

"从你的指纹看，你命里有三个孩子。"

"先生，我已经有五个孩子啦。"格林太太不高兴地说。

"您别急嘛，"相士诡辩说，"我还没有看你的左手哩。"

一天，一位风水先生要给王大爷看坟地。

王大爷说："你会看风水?"

风水先生说："我看的坟地保管灵验，你百年之后，如果第三代不发迹，可以打我的嘴巴!"

王大爷一听，笑着问风水先生："你看我孙子多大了?"

风水先生答："多不过三岁。"

王大爷又问："你能活过我的孙子吗?"

风水先生说："我现在已经五十了，恐怕不能。"

王大爷反问道："那将来我的孙子又到哪儿去打你的嘴巴呢?"

一个愁眉苦脸的老头找到算命先生算命。

算命先生察言观色说："我看你是有难言之隐啊!"

老头摇摇头。

"是女儿不孝吧?"

老头还是摇摇头。

"是晚年丧妻?"

老头还是摇头不止。

算命先生连猜不中，有点慌了，又一口气说了许多不吉利的事情，但老头还是一个劲地摇头。算命先生实在是山穷水尽，只好恳求道："你到底为什

么事情算命的?"

"求你算算我这个摇头晃脑病什么时候能够治好。"

乘出租车

一位妇女走下出租车,不巧她的外套给车门夹住了,可粗心的司机开了车就走。为了不被车拖倒在地,妇女只好跟着车跑。一位过路人看到这情景后,大叫司机停车。车停后,惊魂未定的司机问妇女:"你没伤着吧?"

妇女上气不接下气地说:"没有。是不是我的车钱没给够?"

司机:"到了,先生,请付 12 块钱。"

乘客:"对不起!请您往回退一点,我身边只有 10 块钱。"

一位旅客带了很多行李。他雇了一辆出租汽车,问司机:"到火车站要多少钱?"

"7 法郎,先生。"

"这行李算多少钱?"

"行李免费。"

"那么,就请你把行李拉到火车站,我自己走着去。"

一个人上出租汽车,当接近自己家时,发现身上已分文不剩。

"在这里停下,"他喊道,"我到路旁的小卖店买包香烟就回来。我有 10 英镑掉在车上了,因为车内暗,一时找不到,先借我一点零钱买烟吧。"

他接过钱快步进了小卖店,回头一看,就像他预想的那样,出租车飞快地开跑了。

一位老太太坐进了出租汽车。

"司机,"她说,"我想让你送我去车站。"

"好吧,太太。"司机说。

"你得开慢点,小心点儿;警察不放下手,请不要走;路面水多,不要急转弯。"

司机生气了，说："好吧，太太。可是如果我们真的出了车祸，您想进哪个医院呢？"

在出租汽车里。
乘客："司机，你没发觉路上的泥水都溅在前面的玻璃上了吗？"
司机："很抱歉，我看不大清。我一早忙得把眼镜忘在家里了。"

一位女士跳进一辆出租汽车，说："请开到第一妇产科医院。不用慌，我在那里工作。"

决　斗

两个仇人准备进行一场射击决斗。一个说："不行，我们决斗的条件太不公平。"

"为什么？"

"我的身体比你的大得多！"

"这样吧，"对方欣然说道，"用粉笔把我的体型描在你身上，不就行了吗？"

美国政治家、共和党创始人之一的克莱，在内战期间经常与反联邦的肯塔基人决斗。

不过，虽然克莱有百步穿杨的好枪法，但在与肯塔基人的初次决斗中却失了手。按规定他和对方各自对开三枪，但双方均未打中对方。

事后有人问克莱，平时能在十步之外，五枪三中悬挂着的绳子，为什么此次没打中。克莱解释说："绳子是不会长出一只手来，手中又握着一把枪的。"

借　钱

一天，朱哈的朋友来找他，进门便说："朱哈，我的老朋友，你不是答应借些钱给我吗？现在就履行你的诺言吧！"

朱哈慷慨地说："啊，老朋友，我是不借钱给任何人的。不过，你要多少诺言，尽管说，别客气，看在老朋友份上，你要多少我给多少。"

约翰："我求你一件事，你能为我保密吗？"

大卫："当然可以。"

约翰："近来我手头有点紧，你能借些钱给我吗？"

大卫："不必担心，我就当没听见。"

甲："凡是进入我脑袋的东西，我绝不会忘记。"

乙："那两个月前，我借给你五十里拉，你怎么忘记了呢？"

甲："因为那笔钱没有进入我的脑袋，只是进了我的口袋。"

莫尔和史密特是老熟人，两人都失业了。当史密特在失业期间忍饥挨饿地度日时，莫尔推着小车在一家银行卖小香肠。

有一天，吃早饭的时候，他的买卖非常兴隆。史密特来了，看到莫尔在忙手忙脚地做生意，便嫉妒地说："我看这地方挺不错，可惜我没有这种机会。莫尔，你借几个马克给我好吗？"

"很遗憾，可怜的史密特，我不能这样做。因为我与银行签订了合同，银行不得在此出售小香肠，而我不能在此借钱给别人。"

"对不起！你借一块钱给我，好不好？"

"金钱关系，容易伤害友情，所以，我谁都不借。"

"不妨！我和你，没有什么友情啊！"

一个布商去找他的邻居。

"基扎克，借我一点钱吧！"

"多少？"

"50卢布。"

邻居沉默了。布商等了很久，最后实在忍耐不住，问道；"您为什么不回答？"

"很简单，我欠您一个答复比您欠我50卢布合算得多嘛！"

彼埃尔给父亲写信：

"亲爱的爸爸，我很不好意思地给您写信。我急需 100 法郎。我本不想向您借钱，但怎么也得给您发信，因为它已写好。"

然后，他又写道：

"我向您要钱感到惭愧，但已晚了，信已发出了，我真希望邮递员把信丢了。"

三天后，他收到了父亲的回信：

"亲爱的彼埃尔，别为这事担心，你的愿望已经实现了：邮递员果然把你的信丢了。"

"欧伦斯庇格，你认识我都 10 年了吧，是吗？"

"是的，我的朋友。都 10 年多了。"

"那么，你应该了解我，对吗？"

"那当然。"

"你能借给我 100 个金币吗？"

"不行，我的朋友，这不行啊！"

"为什么？"

"因为我太了解你了！"

借东西

门外传来了敲门声，乔对妻子说："我敢打赌，准是隔壁的布鲁格那家伙借东西来了。我们一家一半的东西他都借过。"

"我知道，亲爱的。"乔的妻子答道，"可你为什么每次都向他让步呢？你不会找个借口吗？这样他就什么都借不走了。"

"好主意。"乔边说边走到了门口，去迎接布鲁格。

"早晨好！"布鲁格说，"非常抱歉来打搅您，请问您今天下午用修枝剪吗？"

"真不巧，"乔答道，"今天整个下午我都要和妻子修剪果树。"

"果然不出我之所料。"布鲁格说，"那么您一定没时间打高尔夫球了，把您的高尔夫球杆借给我您不会介意吧？"

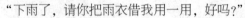

"下雨了，请你把雨衣借我用一用，好吗？"

"可以的，不过你要留心点，千万别把我的新雨衣弄湿了。"

朱哈的邻居向他借毛驴使用。

朱哈说："毛驴上街赶集去了。"话音刚落，驴子在厩内大叫起来。

邻居说："你不承认毛驴在家，哪来的震天驴叫声？"

朱哈摇摇头说："你这个人好奇怪，你宁可相信驴子，也不相信我这把白胡子！"

张三向李四借用磨刀石。

李四："好！但是不可带走，在此地磨即可。"张三只好就地磨。

隔日李四向张三借梯子。

张三："好！但不能带回去，在此攀登吧！"

海马先生到他朋友家里，想借本书。

"很遗憾，"那位朋友说，"我从不借书给别人。"

"为什么？"

"因为借书的从来不还书。"

"您很肯定吗？"

"绝对肯定。这是经验之谈啊！我的全部藏书都是这样弄来的。"

❋ 讨 债

"你什么时候还欠我的债？"

"我怎么知道？我又不是先知！"

负债人："对不起，我这个月不能还钱。"

债主："你上个月也是这么说的。"

负债人："是啊，我是不会变卦的，我是最守信用的人。"

某人除夕无聊，各债主都向他讨钱。他就在客厅上贴了张纸道："不知我贫，而借债于我，是不智也；既知我贫，而索债于我，是不仁也。彼既不仁不智，我无礼无义。不还。"

大学生甲："我刚才收到了家里寄来的钱。"
大学生乙："那么，你可以把欠我的五块钱还给我了。"
大学生甲："别忙！你听我把我的梦讲完了再说。"

夏夜，柯恩在床上翻来覆去，睡不着觉。老婆问他："你不舒服吗？"
"是啊！"柯恩呻吟道，"我欠街对面的纳尔逊300个盾，我明天得付清——但我没有钱，因此睡不着。"
"就这点小事？"老婆满不在乎，说着下了床，走到窗前，从窗口朝对面叫道："纳尔逊，你到窗口来听着：我的丈夫明天还不了你的钱！"说完，她把窗子关了起来，对柯恩道："现在你安心地睡觉好了，现在该对面的纳尔逊睡不着了！"

三麻子见屋中坐满了讨债人，有几个只得立着。傍晚，他轻轻向一个立着的胖子说："明天请你早些来。"胖子见约他明天早来，必定有希望了。到明天一早去，问三麻子要钱。三麻子说："我看你立得腿痛，所以叫你早来，可以有空椅子坐，钱是没有。"

甲："您欠了我10美元的事儿，您没有忘吧？"
乙："没有，还没有忘呢，但再过一段时间，我会忘的。"

❋ 还　债

"你答应还我50个第纳尔，可你只汇给我49个第纳尔。"
"那一个第纳尔是给你寄款用去的汇费。"

讨债的道："你这笔钱，一共跑了五次，方始到手，累我跑苦了。"
还债的道："这是很抱歉的。不过向你借债当儿，我也算过，共跑九次。九比五，你不是还便宜四次么？"

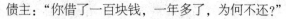
债主："你借了一百块钱，一年多了，为何不还？"

借债人："我知道应该还，并且另外还有别人的一百块钱，我也想要还。"

债主："你空口说白话，不去想实在法子，有什么用处？"

借债人，"实在法子我早已想好了。"

债主；"那么，为什么不去办呢？"

借债人："因为必须你答应帮忙，才能够去办。"

债主："只要你能还债，我当然格外帮忙。"

借债人："如此，好极了！就请你另外借给我两百块钱，那么，不但欠你的旧债还清，并且连别人的一百块也可还掉。这真是一举三得。"

有位作家一生穷困潦倒。有一天，他接待了无数债主中的一个。

债主说："我要钱用，你最迟得在明天还我钱，我也有一笔到期的债款要还。"

正专心于写作的作家生气地说："这太过分了！你怎么可以先去欠债，然后向我要钱去还你的债？"

两个人喝酒过多。有一个口齿不清地说："现在我看所有东西都是双层的。"另一个赶快从口袋里掏出一张一元的钞票，说："这是我还你的两元钱。"

✳ 恋 爱

有位青年在街上对一个女孩子说：

"小姐，我们喝茶去吧！"

"不！谢谢你！"

"你不要以为我是那种随便邀请女孩子喝茶的男人啊！"

"啊，你也不要以为我会拒绝每位男人的邀请。"

男："你到底爱我不爱我？说实话。"

女："吃完这顿西餐再说，现在回答肯定会损坏你我的胃口。"

男："亲爱的，你知道我的心吗？"

女："假使我知道你的心的时候，你应先知道我的心了，何必多问呢？"

动物园里，一个小伙子挽着姑娘的手说："让我们像对鸳鸯一样，永远生活在一起好吗？"

姑娘不无遗憾地答道："好是好，可我还没学会游泳呢！"

他："我对你的爱像这只戒指，没有终点。"

她："我对你的爱也像这只戒指，没有源头。"

他："亲爱的，我时时刻刻把你放在我的脑子里。"

她："放在脑子里？你未免太小看了我了！"

中午，公园里的鲜花被太阳晒得微微弯下腰来，一个青年挨着姑娘，讨好地说：

"亲爱的，您是世界上最美丽的人儿。您看，所有的鲜花，在您面前，它们都羞得抬不起头了；而也只有我，才配作烘托您的绿叶。"

"不！你看，那仙人掌为什么还直挺挺地站立在我面前？"姑娘用手指着仙人掌说。

"您怎么用它来比喻。仙人掌呆头木脑，皮又厚，身上净是刺，真使人讨厌。"青年回答说。

"是啊，'它'为什么不知道害羞呢！"

姑娘："好多次，我觉得你的个性跟我小时候一模一样。"

情郎："是吗？我们两人真是个性相同。"

姑娘："小时候，我很喜欢撒谎。"

"请你相信我。"

"怎么相信呢？"

"亲爱的，我那纯洁的爱情只献给你一个人。"

"那些不纯洁的给谁呢？"

"亲爱的，你非常爱我吗？"

"非常爱！"

"你能为我献出生命吗？"

"那时谁将爱你呢？"

女："我们被丘比特的神箭射中了。"

男："射中我没关系，但不能射中你。只要有我在，决不能让你受伤。"

一对情侣因小事闹别扭，男的回家后立即写了一封信，信封上是女方的住址，收信人栏内却写着："冷血动物收启"。

过了几天，信件被退回来，信封上邮递员写着："原址经查无此动物。"

小伙子在给女朋友的信中写道：

"爱你爱得如此之深，以至愿为你赴汤蹈火。星期六如不下雨，我一定来。"

女："为什么你买人造花送我，我喜欢鲜花。"

男："亲爱的，鲜花总是在我等你的时候就枯萎了。"

小伙子："真糟糕，前天晚上和你说好了明晚再约会。为什么今晚才来？"

姑娘："亲爱的，我耽误，因为你在零点过后才把这句话讲完。"

"你怎么总是在晚上 9 点以后才和你的朋友约会，白天有什么困难呢？"

"困难倒没有，只是有点麻烦。晚上 9 点以后，商店都关了门。"

菲力普和玛丽亚在恋爱，他们第一次彼此亲吻。

"你告诉我，除了我，还有谁这样吻过你，亲爱的？"菲力普问道。

玛丽亚沉默了。

"你说呀！我不会见怪的。"菲力普不耐烦了。

玛丽亚笑了笑，说："别着急呀，我还在数呢！"

"岂有此理，谁说你可以吻我了？"一位女郎娇嗔地责怪她的男友。

"谁说的？"男友回答，"所有的男人都会这么说的。"

男："你说你今天是第五次接吻了？"

女："是！"

男："还有四个，是谁？"

女："苹果、橘子、蔷薇、妹妹的孩子。"

一位驻扎海外的士兵收到在美国的女朋友的绝交信，说她要结婚了，请士兵寄还她的照片，士兵从战友那里搜来各式各样的女人照片，统统装入大板条箱，寄给见异思迁的女友。

女友发现箱子上有一张便条，上面写道："请挑出你自己的照片，其余的寄回。"

一男青年收到女朋友的绝交信，信中写道："虽然咱们的关系已经结束，但你必须赔偿我四年的青春损失费……"

男青年回了一封短信："亲爱的，这笔钱我不能出，因为你没有参加保险。"

"当乔治向你求婚时，你感到紧张吗？"

"不，谁说的，那是我停止紧张的时候。"

男朋友说："昨天晚上做梦，梦见我向你求婚，你说这标志着什么？"

女友答："这标志着你睡着比醒着更富有感情。"

男："我爱你！请你做我的妻子。"

女："昨天，我不是拒绝了你吗？"

男："昨天是今天的你吗？"

一年轻男子看上了某寡妇，不敢启口，只好给她打电话。

"你是某某人吗？"

"是的。"

"肯与我结婚么？"

"那我很快活。"

"当真么？"

"当真，但是你是谁?"

"亲爱的玛丽，"年轻的威廉在信中写道，"请原谅我再次打扰你。由于我的热恋，使我的记性如此糟糕。我现在一点儿也记不起来，当我昨天向你求婚的时候，你说的是'行'还是'不行'。"

玛丽很快回了信，信中说："亲爱的威廉，见到你的信我真高兴。我记得昨天我说的是'不行'，但是我实在想不起来是对谁说的了。再一次吻你。"

化学家求婚："我是氧原子 O，你是氢原子 H，我们的结合就像水(H_2O)一样稳定。"

女友回信："另外一个 H 在哪里?"

一对情侣怄气，彼此决定"惩罚"对方，一个星期互不通电话。

一个星期后，女方先开口了：

"既然你能忍住七天不打电话来，我就忍得住七天不接电话。"

一位打扮得很入时的小伙子来到一家高级饭店，一进门便递给招待员一个先令。

招待员不解地用手掂着这个先令，讪笑着说："怎么，你是要用这钱订一桌酒席吗?"

小伙子忙解释说："不，不，待会儿我陪一位姑娘来，请你大声对我们说'今日客满，请到别处'就行了，谢谢啦!"

广 告

秃顶人走到一家药房里，去买"生毛灵"，问伙计道："你告诉我，到底灵不灵?"

伙计说："灵极啦! 昨天有一个顾客买了药水，马上用嘴咬开瓶塞，结果他生了一口的胡须。"

一大商场经理发现一男售货员上班期间睡着了，于是将他调到了"睡衣部"，并让他穿上一件样品当模特儿，胸前还挂着一条飘带，上面写着："我们的睡衣系独家经营，以至于这位模特儿穿上它就怎么也不会醒！"

纽约的一家美容院登出一则广告称："太太，你用三个疗程可使女儿年轻，用六个疗程可使孙女年轻。如果以此类推，我们就不负责了！"

在美国，有一位殡仪业者从另一位同行手中买进了一所殡仪馆。他用很大的版面在当地报纸上刊登了一则四周框着黑边的广告，说明该馆将由于转让暂停营业一个月。

一个月之后，他又刊登了一则广告，内容是："有劳各位久等了，谢谢！"

✹ 告 示

一家银行为了职员的安全，允许其在遇到强盗抢劫时，迅速交出钱财。在银行大门上，还贴出这样一张告示：

"抢劫银行者注意：我们是讲西班牙语的银行，当你们抢劫我们时，请要有耐心，因为你我双方需要一名翻译。谢谢！"

一个军人门诊部的门口挂着一个指示牌，告诉人们医生下班以后，如有急诊的病人该怎样处置。指示牌用很长的篇幅列举了各种细则，在哪儿能找到看护，怎样和看护联系，看护来之前做些什么等等。

然后，指示牌的最后一段写道："如果你竟有时间把这个细则读完，那么你的病就不是急诊。明天上班再来吧！"

墨西哥一个边境小城市的入口处，悬挂着一块醒目的交通告示牌，上面写着："请司机注意您的方向盘——本城一无医生，二无医院，三无药品！"

在美国西海岸一条公路的急转弯处，有一幅标语牌是这样写的："如果你的汽车会游泳的话，请照直开，不必刹车。"

美国高速公路旁的标语扣人心弦："此处已摔死三人，您愿意做第四个吗?"

马来西亚柔佛市交通安全周期间,交通部张贴出标语:

"阁下驾驶汽车,时速不超过30千米,可以欣赏本市美丽景色。超过60千米,请到法庭做客。超过80千米,欢迎光顾本市设备最新的医院。上了100千米,祝您安息吧!"

邻居的狗生了一窝小狗。邻居的丈夫非常讨厌这些小狗,想将它们卖掉。最后先生发出最后通牒:

"快登广告将这些狗仔卖掉,它们要是不走,我就走!"

邻居于是登了下面的广告:

"我的先生说小狗不走他就走。小狗肥胖可爱,血统纯正。先生则肥胖粗鲁,血统不纯。两者任君选择。"

布告牌上贴着这样一则广告:

"出售非洲产的鹦鹉,这种鹦鹉最善于讲话,售价500美元。"

下面,有人用铅笔加上了这样一句话:

"让它自己说说,它是否值500美元。"

一大学布告上贴有纸条一张,上面写道:"寻物!本人在118教室遗失程控计算器一台。拾到者无操作说明书也无法使用它,敬请交还到学生会办公室,有酬谢。"

下面有另外一张纸条写着:

"启事!本人有该种计算器的操作说明书出售。联系电话:321878。"

在美国全国广播公司的一次"今夜节目"中,广播员念了一家报纸上的广告:

"寻狗启事——毛皮棕色,有些地方由于生疖已经脱毛,一眼瞎,双耳聋,一条腿在最近发生的车祸中压伤,略患关节炎。名叫'幸运儿'。"

一位先生的伞在伦敦的一座教堂里被人偷走了,他花了两把伞的价钱登广告寻找。广告是这样写的:"上星期日傍晚,本人于市教堂内不慎遗失黑色绸面雨伞一把。望拾者将伞送到某街 10 号，即得 10 先令酬劳。"但音讯全无。

一位商人替他重拟了一则广告："上星期日傍晚，有人看见某人在市教堂内拿走别人雨伞一把。如果拿伞者不想招惹麻烦的话，请速将此伞送到某街 10 号。某位是谁？他我均晓。"

广告见报后的第二天，当那位先生打开房门一看，大吃一惊，门道里横七竖八地放着十多把雨伞。

喝 酒

房主用自制的烧酒招待一个在偏僻小镇度夏的丹麦人，喝过一杯后，丹麦人面色苍白，吃力地喘着气问道；

"这酒多少度？"

"至于度数，"主人说，"我不知道。但是，喝一瓶酒可以打十二场架和搞一次凶杀……"

甲："我最怕酒，一喝就醉。"

乙："那不算，我一嗅到酒味就醉得天旋地转……"

乙还未说完，丙忽然晕倒，过了一会儿才勉强站起来说："我一听到酒，就会醉得不省人事"。

吸 烟

"先生，您怎么这样一根接一根地抽烟呢？"朋友关切地问。

抽烟的人答道：

"老弟，你不知道，我这是为了节约火柴呀！"

约翰先生在车厢里很有礼貌地问坐在身旁的一位女士：

"我抽烟妨碍你吗？"

"你就像在家里一样好啦！"女士回答。

约翰先生只好将烟盒放进衣袋里，叹口气说：

"照样不能抽！"

两名法学大学生正在争论一个问题：学习法典时是否可以吸烟。他们各执己见，相持不下，便去找拉比裁断。

"拉比，"学生甲问道，"在学习法典时吸烟行吗？"

"不行！"拉比生气地说道。

"你问错了！"学生乙责备学生甲道，说着他走近拉比，问道："拉比，人们在抽烟时学习法典行吗？"

"当然行！"拉比兴奋地决断道。

列车里，服务员对一位大胡子旅客说：

"喂，请不要吸烟！"

"难道我在吸烟吗？"大胡子反问道。

"你嘴里叼着烟斗呢！"

"这能说明什么？我的鞋还套在脚上，但能就此说我在走路吗？"

警察看见一个小孩在抽烟，就想狠狠地教训他一顿。

"你可知道小孩抽烟会得到什么结果吗？"

"当然知道啦。"那个小孩回答说，"无论他躲到哪里，想美美地抽上一支，总有一个讨厌的家伙在跟着他。"

医生诊断过病人之后，问他抽烟是否抽得很凶。

病人回答说："其实并不。我在五年前就替自己订下了一条规则：睡觉时绝不抽烟；醒着时，决不同时抽两支烟。"

"怎样才能戒烟呢？"

"很简单！你把香烟的两头都点上火，不就成了！"

一社会咨询员企图劝路上一人戒烟，于是问："你有多久的吸烟史了？"

"20 年。"吸烟者答道。

咨询员指着路旁的一幢建筑说："假若你把这 20 年买烟的钱攒下来，那你就会有一幢这样的建筑。"

吸烟者问："你吸烟吗?"

咨询员："当然不。"

"那你有这样的建筑吗?"

"没有。"

"那就得了,反正都没有,我劝你也吸吧!"

"听说你戒烟了?"'

"噢,有半年多了。"

"半年多一次也没抽?"

"就抽过两次。"

"一次多长时间?"

"也才三个来月。"

❋ 赌　博

有几位绅士在一酒店里喝酒,酒后没什么可消遣的,有人就提议赌博。

有一位绅士站起来说:"我有 14 条理由反对赌博。"大家问他是哪些理由,他说道:"第一条,我没有钱……"那个提议的人马上打断他的话,说道:"你老兄就是有 400 条理由的话,也用不着说第二条了。"

陆军下士向新团部报到,呈上一张由原辖区上尉写的便条:"如果你能令他戒赌,此人倒可以造就。"

新的司令官盯着下士吆喝:"你赌些什么?"

"我无所不赌",下士回答道,"我愿意以一星期薪金作赌注,赌你右腋下有颗黑痣。"

"把钱放下!"司令官把衣服脱至腰部,证明没痣并把钞票塞进了口袋。事后,他打电话给原驻地的上尉,兴高采烈地说:"你那位下士接受了我刚才的教训后,再也不会轻易打赌了。"

"别那么肯定。"上尉说,"他刚才还跟我赌两千元,要在他报到五分钟内让你脱下你的衬衣。"

肯尼迪与人聚赌，输得很惨，他略加思忖，自言自语道："我把最珍贵的东西押上。"

赌友们忙问："什么好东西？拿出来看看！"

肯尼迪把心一横，大声喊道："我把命押上！"

众赌棍哄然起笑："命值几何？我们早就不要命了！"

"你丈夫到赌城去了吗？"玛莉问她的朋友道。

"是的，"白太太回答。

"他赢了还是输了？"

"他去时只坐一部价值 30 万元的小汽车去，回来时却坐了价值 50 余万元的巴士回来。"白太太低声地回答。

有个赌徒向他的朋友借了 1000 法郎，准备搞轮盘赌。才过了一小时，他的朋友就跑来问他：

"那张大钞票生了小崽没有？"

"生了，生了。"赌徒从口袋里掏出两张 50 法郎的钞票交给朋友，然后哭丧着脸说，"很不幸，它们的父亲去世了……"

哥哥对弟弟说："如果你让我在你头顶上打破三个鸡蛋，那就给你一美元。"

弟弟说："说定了！"

哥哥立即兴高采烈地在弟弟的头顶上打破了两个鸡蛋。弟弟一动不动地站着，生怕破鸡蛋里的粘东西会淌下来流满一身，嘴里说："你怎么还不快打第三个呀？"

哥哥说："我才不打那一个呢。打了那一个，我就得给你一美元了。"

四、名人幽默

智斗强盗

有一次，卓别林带着一大笔现款走在路上。突然，从路旁草丛里跃出一个蒙面强盗。强盗威胁着要卓别林交出钱款。卓别林答应了，并对他说："请在我帽子上开两枪吧，我好回去向主人交代！"强盗"叭叭"两声，照他的话做了。"再在我的衣襟上开两枪吧！"卓别林又说。"叭叭"两声，强盗又照做了。"最后，请您再在我的裤腿上打两个洞，拜托了！"强盗一听，不耐烦地提起枪，又在裤腿上给了两枪。卓别林知道强盗的手枪里再也没有子弹了，便一脚把他绊倒，飞也似的跑了。

总统的滋味

有一次，林肯总统在白宫会见某国总统。该国总统个子长得特别高，两个人站在一起，就像两根垂直竖起的炮管。林肯乐呵呵地说："想不到您个子比我还高呢，怎么样，当总统滋味如何？""您说呢？"那位总统反问道。我感觉天天像吃了火药，总想放炮！

闹饥荒的原因

英国文豪萧伯纳是个瘦子，这是人尽皆知的。一天，他遇到一个有钱的胖资本家，资本家讥笑着对萧伯纳说："萧伯纳先生，看到您，我确实知道世界还存在闹饥荒的现象。"萧伯纳也笑着回答："而我一见到您，便知道世界闹饥荒的原因。"

人的价值体现

美国第一任总统华盛顿的"标准像"是美国著名画家斯图亚特早年画的，它几乎张挂于美国的千家万户。斯图亚特一生中画过许多华盛顿的肖像，其中他最满意的一幅是在一块画布上只画了华盛顿的一个头的作品。有人挑剔地指出为什么不画全衣服，斯图亚特回答道："人的价值不在衣着上。"

"只求耳顺"

在法国，国家研究院院士是崇高的地位。不少朋友都劝哲学家马伯利竞争院士。马伯利说："我不干这种事。我当上了，有人就会说：他怎么当上了？我如果不当，很多人会说：他怎么没当上？还是后一种议论好呀。"

如果……

温斯顿·丘吉尔是世界著名的政治领袖。他在担任英国首相期间，他的政治对手阿斯特夫人对他说："如果我是您夫人，我一定会在您的咖啡里放进毒药。"丘吉尔听了，笑着说："如果我是您丈夫，我一定会把这杯咖啡喝下去。"

奉还一生

医生为年轻时的英国作家萨维奇治病。作家长期潦倒，健康状况极坏，好不容易才保住一条命。医生最后把一张医疗账单送给他，告诉他：我救了你一条命，你应当有所报答。"萨维奇送给医生一本书，恭敬地说："我把命还给你。"这本书是《萨维奇的一生》。

不入官场

鲍勃·霍普在美国家喻户晓，因为他极善于用诙谐幽默的语言批评时弊，尤其是政府的错误。新一任总统上台后，决定请他出任要职。他讥笑着说——"假如我也去当官，谁还来批评当官的呢?"

不知去何处

古希腊寓言家伊索是个奴隶。一天，主人派他进城办货，半路上他遇见一个法官。法官盘问他："你去哪儿?"伊索对贪赃枉法的法官向来不屑一顾，回答道："不知道!""不知道?"法官表示怀疑，把伊索抓了起来，囚禁到监狱。"说实话难道也犯法吗?"伊索在狱中抗议道，"我是不知道你们会把我投入监狱的呀!"法官只好把伊索放了。

舞会偶遇

普希金年轻的时候并不出名。有一次，他在彼得堡参加一个公爵家的舞会。他邀请一位年轻而漂亮的贵族小姐跳舞，这位小姐傲慢地看了普希金一眼，冷淡地说："我不能和一个小孩子一起跳舞。"普希金没有生气，微笑地说："对不起! 亲爱的小姐，我不知道您正怀着孩子。"说完，他很有礼貌地鞠了一躬，然后离开舞厅。

借　力

爱迪生在住所搞了不少实用发明。有个朋友来看他，推门时十分费力，推了好几下才进去。客人向爱迪生抱怨："你这门也太紧了，竟使我出了一身汗。""谢谢，你有力的推门已经给我屋顶上的水箱压进了几十升水。"爱迪生高兴地说。

失败也是成就

爱迪生试制白炽灯泡，失败了 1200 次。一个商人讽刺他是个毫无成就的人。爱迪生哈哈大笑："我已经有很大的成就，证明了 1200 种材料不适合做灯丝。"

逻辑学的用处

有个学生请教爱因斯坦逻辑学有什么用。爱因斯坦问他："两个人从烟囱里爬出去，一个满脸烟灰，一个干干净净，你认为哪一个该去洗澡？""当然是脏的那个。"学生说。"不对。脏的那个看见对方干干净净，以为自己也不会脏，哪里会去洗澡？"

"你擦谁的靴"

有一天，一位外国使者看见林肯在擦自己的靴子，非常吃惊地赞扬道："啊，总统先生，您真伟大！您经常擦自己的靴子吗？"

"是呀，"林肯答道，"那么你是擦谁的靴子呢？"

蜘蛛与广告

马克·吐温在美国的密苏里州办报时，有一次，一位读者在他的报纸中发现了一只蜘蛛，便写信询问马克·吐温，看是否是吉兆或凶兆。马克·吐温回信道——"亲爱的先生，您在报纸里发现一只蜘蛛，这既不是吉兆，也不是凶兆。这只蜘蛛只不过是想在报纸上看看哪家商人未做广告，好到他家里去结网，过安静日子罢了。"

无畏的遗憾

美国独立战争时期的英雄内森·海尔被英军抓住，判处死刑。在临死前，英军执刑人问他有什么说的，海尔想了想说："我真遗憾，我只能为国家献出一次生命。"

孙中山

中国伟大的革命先行者孙中山在一次革命行动失败后，转移到上海重振旗鼓，等候时机东山再起。

有一天，几个革命同志闲来无聊，凑了 4 个人要麻将娱乐。不巧，被孙中山撞见了。他们自知犯错，一阵惊慌，你看我，我看你，不知如何是好。面对如此尴尬场面，孙中山不但继续叫他们打下去，而且还笑着说："打吧，打麻将很像我们革命起义，这一局输了没啥关系，可寄希望于下一局，永远充满了机会，永远充满了希望。"

辛亥革命胜利后，孙中山当了临时大总统。有一次，他身穿便服，到参议院出席一个重要会议。然而，大门前执勤的卫兵，见来人衣着简单，便拦住他，并厉声叫道："今天有重要会议，只有大总统和议员们才能进去，你这个大胆的人要进去干什么？快走！快走！否则，大总统看见了会动怒，一定会惩罚你的！"

孙中山听罢，不禁笑了，反问道，"你怎么知道大总统会生气的？"一边说着，一边出示了自己的证件。卫兵一看证件，才知道这个普通着装的人竟是大总统。惊恐之下，卫兵扑倒在地，连连请罪。孙中山急忙扶卫兵起身，并幽默地说："你不要害怕，我不会打你的。"

竺可桢

民国时期，科学家竺可桢在浙江大学任校长，深受师生的爱戴。

一天，在联欢会的节目单上，有"校长训话"。竺可桢一看，感到在联欢会上来个"训话"，实在不妥。于是，他在讲话时说："同学们，'训'字从言从川，是信口开河也。"大家听了，哄堂大笑。

辜鸿铭

张勋生日，大学者辜鸿铭送给他一副对子，说："荷尽已无擎雨盖，菊残犹有傲霜枝。"后来，辜鸿铭和胡适说这件事，说"擎雨盖"指的是清朝的大帽子，而"傲霜枝"指的是他和张勋都留着的长辫子。

辜鸿铭既会讲英国文学，又鼓吹封建礼教。他当北大教授时，有一天，他和两个美国女士讲解"妾"字，说："'妾'字，即立女；男人疲倦时，手靠其女也。"

这两个美国女士一听，反驳道："那女子疲倦时，为什么不可以将手靠男人呢？"

辜鸿铭从容审辩："你见过1个茶壶配4个茶杯，哪有1个茶杯配4个茶壶呢，其理相同。"

王宠惠

法学家王宠惠在伦敦时，有一次参加外交界的宴席。席间有位英国贵妇人问王宠惠："听说贵国的男女都是凭媒妁之言，双方没经过恋爱就结成夫妻，那多不对劲啊！像我们，都是经过长期的恋爱，彼此有深刻的了解后才结婚，这样多么美满！"

王宠惠笑着回答："这好比两壶水，我们的一壶是冷水，放在炉子上逐渐热起来，到后来沸腾了，所以中国夫妻间的感情，起初很冷淡，而后慢慢就好起来，因此很少有离婚事件。而你们就像一壶沸腾的水。结婚后就逐渐冷却下来。听说英国的离婚案件比较多，莫非就是这个原因吗？"

杨小楼

杨小楼在北京第一舞台演京剧《青石山》时，扮关平。演周仓的老搭档有事告假，临时由一位别的花脸代替。这位花脸喝了点酒，到上场时，昏头昏脑地登了台，竟忘记带不可少的道具——胡子。杨小楼一看要坏事，心想演员出错，观众喝倒彩可就糟了。灵机一动，临时加了一句台词："咳！面前站的何人。"

饰演周仓的花脸纳闷了，不知怎么回事。"俺是周仓——"这时得做一个动作：理胡子。这一理，把这个演员给吓清醒了，可是心中一转，口中说道："——的儿子！"

杨小楼接过去说："咳，要你无用，赶紧下去，唤你爹爹前来！""领法旨！"那演员赶紧下去戴好了胡子，又上台来了。

别致的求婚

日本电影明星柴田恭兵十分爱恋一位姑娘，但不知怎么说好。有一天他终于鼓足勇气，对姑娘说："不知您愿不愿意和我一起变成老公公、老婆婆？"姑娘听后，忍不住笑了，接着又羞答答地点点头。

尝出来了

巴顿将军为了显示他对部下生活福利的关心，搞了一次参观士兵食堂的突然袭击。在食堂里，他看见两个士兵站在一个大汤锅前。"让我尝尝这汤。"他命令道。

"可是，将军……"

"没什么'可是'，给我勺子！"将军拿过勺子喝了一大口，怒斥道："太不像话了，怎么能给战士喝这个？这简直就是刷锅水！"

"我正想告诉您这是刷锅水，没想到您已经尝出来了。"士兵答道。

❋ 反对到底

富尔顿第一次公开展示他发明的蒸汽船时，没有人相信这东西动得起来。两岸群众不断鼓噪说："动不了，动不了，绝对动不了！"没想到船一下子发动了，夹着蒸汽和哄鸣声向前驶去。群众张口结舌看了好一会后，改口说："停不了，停不了，绝对停不了！"

❋ 不反对

一天晚上，美国总统林肯在忙碌了一天之后上床休息。忽然，电话铃声大作，原来是个惯于钻营的人告诉他，有位关税主管刚刚去世，这人问林肯是否能让他来取代。林肯回答说："如果殡仪馆没意见，我当然不反对。"

❋ 当时你在干什么

赫鲁晓夫在苏共二十大揭露斯大林的暴行时，台下有人递条子上去。赫鲁晓夫当场宣读了条子的内容："当时你在干什么？"然后问道："这是谁写的，请站出来！"连问三次，台下一直没有人站出来。于是赫鲁晓夫说："现在让我来回答你吧，当时我就坐在你的位置上。"